世间最美的遇见

宋词21讲

霍明琨◎著

花山文艺出版社
河北·石家庄

图书在版编目（CIP）数据

世间最美的遇见．宋词21讲 / 霍明琨著．—石家庄：花山文艺出版社，2017.8（2023.8 重印）
ISBN 978-7-5511-3679-2
Ⅰ.①世… Ⅱ.①霍… Ⅲ.①宋词－诗歌欣赏 Ⅳ.①I207.2
中国版本图书馆CIP数据核字（2017）第209887号

书　　名：世间最美的遇见——宋词21讲
作　　者：霍明琨

统　　筹：李　爽
责任编辑：刘燕军
责任校对：李　伟
封面绘图：樂　兮
插　　图：龙轩静　樂　兮
装帧设计：王爱芹
美术编辑：胡彤亮
出版发行：花山文艺出版社（邮政编码：050061）
（河北省石家庄市友谊北大街330号）
销售热线：0311-88643299/96/17
印　　刷：北京一鑫印务有限责任公司
经　　销：新华书店
开　　本：880毫米×1230毫米　1/32
印　　张：5.625
字　　数：110千字
版　　次：2018年2月第1版
2023年8月第3次印刷
书　　号：ISBN 978-7-5511-3679-2
定　　价：39.00元

目　录

第一讲

做活色生香的女子

——温庭筠《菩萨蛮》

很多人问过我：在今天这么现实，竞争这么激烈，而物质生活又如此重要的时代，学习古典诗词还有什么用？我想说：严格推敲起来，没有什么重要的作用。但是正如庄子所说："无用之用"。很多看似没有实际作用的东西，才使得生活充满了调剂，充满了张弛有度，也充满了乐趣。如果凡事都追求"有用"的话，我们的生活就太机械、太物质，也太功利了。

对于生活在今天的人们来说，宋词，也许是一种更加适合我们的自我释放、身心调节的方式。历史学领域有一种"唐宋变革说"，指的是从中唐时期的安史之乱开始，整个中国古代社会、思想和文化都发生了剧烈转变。自唐宋以来，中国人的文化性格开始了转型，正如大家所感觉到的那样，唐人有种阳刚、外放、浪漫、激情的特点，这种性格就有点像豪门大族、家业鼎盛时期的青年人一样，相信世界是属于他们的，相信一切都可以达成。而宋人的特点是阴柔、内敛、理性、现实。在宋人的文化性格当中，仿佛是经历了人生、承担着家国的忧患，他们似乎更知道生活的艰难与无奈，也更懂得怎样才能享受当下的乐趣，懂得如何才能够在现实生活的压力之下，调整、释放、排遣自己的身心。

在中国传统的文学样式当中，每一种文体所承载的意义是不一样的，所谓“诗言志，词言情，文以载道”。“诗”“文”这种言志、载道的东西，带着作者本身的意志和理想；而“词”则非常微妙，不像“诗”和“文”那样，在教化、伦理、道德、政治的限制内，需要有某种承担和责任。“词”基本突破了上述的限制，几乎完全是一种唯美的表达。清代的文学家张惠言说，词是“贤人君子幽约怨悱，不能自言之情”（《词选·序》）。这里的“贤人君子”，指的是有节操、有志向、有理想、有抱负的人，在他们坚持操守、追求志向的过程中，有所触动，内心深处有一种求之不得、辗转反侧的情愫。这种情愫幽约委婉，不自觉地在“词”中流露出来。

词产生于“歌儿舞女、酒席宴侧”，充满了风里、花中、酒杯、明月、美女、歌声，是一种看似闲适、轻松的人生意趣。正是因为词产生的这种特质，不负责去表达一个人的志向、抱负、理想等，所以微妙之处就在这里，不用力的东西是无意识的，用不着端架子装腔作态，反而在不知不觉当中，把自己最真实的自我表现出来了。很多宋代的文人“先天下之忧而忧，后天下之乐而乐”，承载着家国的忧患，但是在他们用诗文阐述大道之外，词也写得温暖而细腻，充满柔软的情怀。这就是一个人生活的不同层面，是理想生活与现实自我完满圆融的结合，也是宋词更贴近我们的深层原因。

然而，为什么讲宋词要从晚唐的温庭筠开始呢？我们常常说“唐诗宋词”，词虽然兴盛于宋代，但是并不是开始于宋代。在唐朝很早就有了曲子词在民间流行，而文人词的鼻祖是《花间集》，就是我们大家最熟悉的“花间派”，而花间派的代表人物，也是它的创始人就是温庭筠。可以说不了解“花间”，就不知道宋词长河的蜿蜒流转。

今天这首充满经典“花间”风格的《菩萨蛮》起源很早。据说唐宣宗大中年间，女蛮国派遣使者进贡，她们身上披挂着珠宝，头上戴着金冠，梳着高高的发髻，让人感觉宛如菩萨，当时教坊因此制成《菩萨蛮曲》，于是后来《菩萨蛮》成了词牌名。很多文人都写过这个词牌，如李白的一首《菩萨蛮》：

平林漠漠烟如织，寒山一带伤心碧。暝色入高楼，有人楼上愁。

玉阶空伫立，宿鸟归飞急。何处是归程？长亭连短亭。

花间派的宗主温庭筠一共写过十五首《菩萨蛮》，其中第一首《小山重叠金明灭》流传最久、最经典，大家评价也最多，甚至因此这个词牌又得名《重叠金》。

小山重叠金明灭，鬓云欲度香腮雪。懒起画蛾眉，弄妆梳洗迟。

照花前后镜，花面交相映。新帖绣罗襦，双双金鹧鸪。

这首词写了一个美女，在闺房当中起床、梳洗、画眉、簪花、照镜、着装，这一系列的镜头和影像，弥漫软香温玉的氛围。按照惯常的理解，也许有人会疑惑，这样的词充满了慵懒的情调，写些空洞的意象，有什么意义呢？

所谓的“意义”就待我们慢慢品味解开。先来看词作本身。“小山”，有人解释说是小山眉，是当时一种流行的眉型；有人解释成为小山枕，就是像山形的一个枕头；而最贴切的解释是山屏，就是古代的那种围着床榻一侧的小屏风。

在破晓的时候，阳光从门窗的空隙里照进来，照在她的枕畔，曲曲折折的光线洒在金螺碧钿的围屏之上，那种晦明阴阳、金光闪烁的光线照在她的脸上，惊醒了睡梦中的美人。在半梦半醒之间，日光洒在她的粉面之上，一转头，乌黑的头发就仿佛“欲度香腮雪”，有一点凌乱，像流云一样要遮盖她的香腮。在这里，温庭筠说“鬓云欲度香腮雪”，而不是说“云鬓欲度雪香腮”，就更加有一种韵味。

“懒起画蛾眉，弄妆梳洗迟。”字面的意思是说这位美女慵懒地起床，慢悠悠地画眉。这两句的意味究竟在哪里呢？叶嘉莹曾经分析说：温庭筠仿佛是在写一个美女的梳妆，但是他在不知不觉之间，触动了传统文化的语码，这个语码就是“蛾眉”。

古往今来，有无数人写过美丽的女子，《诗经》中《国风·卫风·硕人》说：

手如柔荑，肤如凝脂；
领如蝤蛴，齿如瓠犀；

蛾首蛾眉，巧笑倩兮，美目盼兮。

这样一位佳人，纤手香凝、肤如凝脂、脖颈如天鹅、齿如编贝、额角丰满、眉毛细长，嫣然一笑、动人心扉，眼波流转、酒窝深深、笑靥如花、眉目含情……这里的“蛾眉”代指了极为温柔、善良而纯洁的美丽。

在屈原的《离骚》当中也有“蛾眉”之句：

众女妒余之蛾眉兮。

此句意思是：仿佛其他女子都在妒忌我容颜、才智的美好。这是《离骚》中经典的“香草美人”传统，“香草”自比高洁的品格；而“美人”自比贤臣年长色衰，受到小人谗陷，所以被君王所弃。

著名的词评家陈廷焯就曾经说过：

飞卿词全祖风骚，所以独绝千古。

——《白雨斋诗话》

他说温飞卿温庭筠的词实际上是非常有《诗经》和《离骚》当中的雅韵的。“诗骚”传统中运用了大量的比兴，以此物比彼物，先言他物以引起所咏之词。这里面“蛾眉”两个字就代指那种向往，以及努力追求美好、完美的心境。这种追求美好的心境就像屈原在《离骚》当中所说的：

制芰荷以为衣兮，集芙蓉以为裳。

不吾知其亦已兮，苟余情其信芳。

这两句意思是：我采集荷叶裁剪成上衣，我收集莲花做我的下裳，世人不了解我也就罢了，只要我的内心保持高洁芬芳。

到这里我们就能明白，品味温庭筠的词，绝不能只看到一种淫靡的享乐，“懒起画蛾眉”，并不是宣扬一种懒惰的习气，而是表现一种自我珍爱，表现一种爱惜自己羽毛似的保护美好的精致生活状态。

这个“梳洗弄妆迟”的“弄”，有一种自我的欣赏，有一种精致的描画。不是像我们现在这样，在重重的生活压力之下，匆匆地洗把脸，头发一扎，像个女汉子一样雄赳赳、气昂昂地出门了；而是慢慢地调粉涂脂，把胭脂和眉毛一笔一笔地、不紧不慢地画好。我们常常说越来越富的中国人失去了雍容气度，其实在这里并不是强调要浓妆艳抹，而是传达了一种应该怎样对待自我和对待生活的态度。有一句话说得好：你重视自己，别人就重视你；你不拿自己当作一回事，别人也不会拿你当作一回事。

真正的贵族气质，是能够在平庸的生活中保持一种优雅的姿态，把平淡的日子过成诗，不粗糙，而有一种精致的优雅和美好。但是说实话，跑得太快、活得太累，而日子过得又太粗粝的当代人，真的越来越没有办法体会到这种精致的优雅和美好。而人之所以为人，并不是只要简单地吃饱穿暖，还有精神上、心理上的需求，就像马斯洛的金字塔理论那样，金字塔的顶端是自我实现。我们之所以不能体会古典诗词中精致优雅的美，是因为现在离真正的贵族精神，离那种优雅气度太远了。我们见过太多的女人不饰妆容、粗声大气，甚至当街撒泼，其实这些足以引起深思，足以让我们重新面对自己，爱护梳理自己的羽毛。

“照花前后镜，花面交相映。”美女对着前后镜子簪花，在镜子当中，花和美人交相辉映。这一句写得笔力饱满、光艳动人。“交相”两个字写出了那种光彩，写出了那种气韵，写出了一种活色生香、生生不息的美态。难道我们不需要这样吗？我们不需要投入最大的精力，来达成一个最美好的自己吗？所有热爱生活的人都应这样爱惜自己，妆容精致、激情饱满、神采飞扬、追求美好。

“新帖绣罗襦，双双金鹧鸪。”你看这样的一个女子，是如此一丝不苟地对待日常生活的装束。“帖”是熨的意思，连新的绣裙都是刚刚熨好的，妥妥帖帖一丝不乱。而最有意味的是“双双金鹧鸪”，看起来只是在写表面的几件事儿，可是在这个意象背后有着一种深深的意味，有着淡淡的忧思。金鹧鸪就像中国传统的比目鱼、并蒂莲、鸳鸯形象一样，是成双成对的。这句话看似平平淡淡毫不费力，却和前句形成了一种反衬。

实际上，前一句看似无心写来的“懒起画蛾眉，弄妆梳洗迟”已经在精致和美丽当中包含了一种淡淡的怅然若失。虽然千回百转，极度要美，然而又有一种无端无着、无处安放的心绪。李清照说得好，“此情无计可消除，才下眉头，却上心头”。从这首词字面上不经意的一个意象，我们便能够感到一种淡淡的忧愁渐渐弥漫开来。

有人认为，温庭筠的为人并没有怎样高洁的品格和志向，也没有创立什么大的功业，他完全没法和屈原相比，也没有办法和“诗骚”的比兴相比。当然，也许温庭筠在写词的时候并没有刻意地写出这么深的意蕴，写到人应该怎样追求生活的美好，怎样珍惜关爱自我，怎样活色生香、激情饱满、光艳动人地活着。但是诗词就是这样一个奇妙的东西，它虽然穿越千古，看起来只是暗黄纸上的几个字，却是活的，有生命的，能让人产生丰富的联想，带着感发的情怀。而超出诗词本身之外，更能触动人们心灵深处很多美好的情感和高尚的意趣，这正是诗词的功用。

体味古典诗词，共同品读整个宋词系列的开始，也是这样的一种意蕴。当我们慢慢地咀嚼着这几句小词的时候，你会觉得，即便面对着如此一地鸡毛的生活，还是有些许的精致、温婉的美好，值得我们去用心对待。

第二讲

今夕何夕　芳草迷离

——韦庄《菩萨蛮》

在王国维的《人间词话》当中，有一句话“词之为体，要眇宜修”。“要眇宜修”出自《楚辞·九歌·湘君》：

君不行兮夷犹，蹇谁留兮中洲？
美要眇兮宜修，沛吾乘兮桂舟。

这是一段相恋男女的对话，女子说：“你是有什么心事而犹豫不前吗？是为了谁把小船搁浅在沙洲呢？”男子说：“难道不是为了你吗？为了你那优雅美好的容颜。我心如箭，乘着最快的桂舟，来到你的面前。”王逸的《楚辞章句》当中解释道：“要眇”就是“好貌”，有一种求美、要好的心灵，有一种精致、美好的容颜。而“修”就是修饰的意思，珍惜羽毛，宝爱自我。

这是怎样的一种美呢？精致、细腻、隐微、优雅、美好。《人间词话》又言：“诗之境阔，词之言长。”词的情义都是幽微而婉转的，要有丰富而美好的联想，才能体会其中的“言有尽而意无穷”。如果拿一位女子来打比方的话，对于中国文化的审美而言，一个真正美丽的女人，绝不会只是形容她的眼睛有多大，她的三围有多标准，而是两个字：风韵。那是一种内在与外在的结合，从容雅致，韵味悠长。

韦庄的词和温庭筠的词比起来，温词比较秾丽，而韦词比较清淡。温庭筠的词注重客观意象的展现，而韦庄的词则更注重主观情感的抒发。

韦庄的《菩萨蛮》一共有五首。温庭筠的《菩萨蛮》写了十五首，但是几乎都是各自独立的，没有什么内在的联系；而韦庄的这五首词却是一气贯穿，是一个整体。提到温词的时候，我们超越了词人生平本身，去体验词作之美。而这次我们必须要先了解一下韦庄的生平，才能更好地解读这几首词。

韦庄（约836—910），字端己，是晚唐五代时期的词人。他是京兆杜陵人，在今天的陕西西安市长安区。韦庄少年的时候家境贫寒，学习非常用功，但考了很多次进士也没有考上。四十五岁他到长安应举的时候，却正好赶上黄巢的变乱，他从长安逃到洛阳，就在洛阳写下了自己的成名之作《秦妇吟》，被称“秦妇吟”秀才。在黄巢变乱的这场大难当中，韦庄生了一场重病，然后去了江南，他在江南客居了很久。等到黄巢兵败，韦庄再次回到长安参加考试，正是唐昭宗乾宁年间，他终于考中了进士，这时候已经五十九岁了。在考中进士授官之后，有一次他出使到蜀地，即今天的四川，受到了当时的西川节度使王建的欣赏。于是，韦庄六十六岁时来到了成都，被王建聘为掌书记，可是没想到这一去就再也没能回到唐朝，回到长安。因为四年之后，朱温杀死了昭宗，六年之后，朱温干脆篡权自立，这就是五代时期的后梁。当时正值晚唐之后五代十国，战乱不断、政权更迭、天下无主，四川节度使王建也自立为帝，这就是前蜀，他任命韦庄来做宰相，这时候韦庄七十二岁。三年之后，韦庄在成都去世。

清代的词人张惠言曾说，韦庄这五首《菩萨蛮》“乃留蜀后寄意之作”（《词选》），认为是他有意地怀念故国之作。其实，我们常常说古典文学的传统是有比兴的，但是也未必都要如此牵附。这五首词既可以是对故国的怀念，也可以是一组悲情的爱情故事，而两者未必一定是截然分开的。从整体上来看，这五首词写的是他因为战乱，不得不与自己心爱的女子依依惜别，可是这一别就是一生一世，从此再也没有见过面。长安和洛阳是唐朝的首都和东都，既是朝廷之所在，也是韦庄成名的地方，那里还有他心爱的女人，可是一场战火，一切都不在了，因此在这样的创痛与记忆当中，就好像张爱玲写过的句子，“一个人，一座城，一生心疼”。

空——我的心是一座空城，
理智在城头从容不迫，谁在城外欲进又止。
城——你来，带着你的小提琴。
一树月光倾城。
绝——烟花会谢，笙歌会停。
一个人，一座城，一生心疼。
恋——琴瑟和鸣，绝世风景。
琼楼玉宇却倒了阵营。

——张爱玲《小团圆》

韦庄五首《菩萨蛮》的第一首写道：

红楼别夜堪惆怅，香灯半卷流苏帐。残月出门时，美人和泪辞。

琵琶金翠羽，弦上黄莺语。劝我早归家，绿窗人似花。

这“红楼”“香灯”“流苏”是多么轻柔、温暖、缠绵、美好，可是一句“残月”却蓦然萧瑟清冷，残忍地打破了这种温暖和甜蜜，同时也回应了上一句的“别夜堪惆怅”。不得不走了，“美人和泪辞”，让我们想起《长恨歌》当中的“玉容寂寞泪阑干，梨花一枝春带雨”。脸上的泪痕还没有干，千言万语只在心头，于是这个女子，只能含着眼泪，弹奏一曲琵琶送别。“琵琶金翠羽，弦上黄莺语”是这样婉转娇媚，这种空灵美好的琴声永远留在我的心里，每一声琵琶都是一句叮咛：“劝我早归家，绿窗人似花。”你一定要早点回来呀，记得在你的故乡，在你熟悉的“绿窗”，还有一位美丽的姑娘。

这三个字“人似花”，写得好美。人如花一般美丽，可是也如花一般容易枯萎、憔悴。这正像汤显祖《牡丹亭》当中所说：

原来姹紫嫣红开遍，
似这般都付与断井颓垣。
良辰美景奈何天？

《菩萨蛮》第二首：

人人尽说江南好，游人只合江南老。春水碧于天，画船听雨眠。

垆边人似月，皓腕凝霜雪。未老莫还乡，还乡须断肠。

在这一首词当中，游子走了，来到了江南，“人人尽说江南好，游人只合江南老。”大家都说韦庄应该留在江南，别再怀念自己的故乡了。韦庄的《秦妇吟》写道：因为故乡长安、洛阳都在战乱当中，“内库烧为锦绣灰，天街踏尽公卿骨。”一片枯萎，一片离乱。

美好的江南“春水碧于天，画船听雨眠”。不只在晴朗的日子春水如兰、碧空如洗，即便在落雨的日子，也是雨丝斜织、轻柔舒缓，可以在那美丽的画船之上和衣而眠，这是怎样的一个他乡呢？一切都看起来温柔优美、深沉宁静。可是，这里面有一个“船”字，“船”在古典文学的意象当中，意味着漂泊，意味着没有着落，这就是游子心中无法挥去的孤单寂寥。这样轻柔唯美的画面背后，却有着淡淡的忧伤。

江南不仅景色美，人也很美啊，酒垆边的美人有如一轮明月，光彩照人，肌肤如雪，吹弹得破。“垆边人似月，皓腕凝霜雪”，一切都这么美，所以游子才应该留在江南终老。可是后面又说“未老莫还乡，还乡须断肠”，在这样的种种美好之外，却是一种挥之不去和无法摆脱的纠缠和失落。韦庄说“未老莫还乡”，而在字面背后却是：当我终老的时候，我一定要回到故乡，可我又多么害怕回到故乡，因为我知道我的家园此刻正在被战火蹂躏，如果我回去，我一定会肝肠寸断。韦庄的词虽然直接地抒发胸臆，但是因为他真挚的、深切的情怀，却又使得词显得幽微深情。

《菩萨蛮》第三首：

如今却忆江南乐，当时年少春衫薄。骑马倚斜桥，满楼红袖招。

翠屏金屈曲，醉入花丛宿。此度见花枝，白头誓不归。

当别人都说江南好的时候，我在思念着我的故乡；别人都挽留我的时候，我不愿意留下。可是如今我漂泊得更远，我来到了四川，来到了蜀地，我才感觉当时江南的日子毕竟还算是美好的。“当时年少春衫薄”，因为那时我还年轻；“少年不知愁滋味，为赋新词强说愁”，我还风华正茂、风度翩翩；“骑马倚斜桥，满楼红袖招”，还有很多美丽的女子对我钟情；“翠屏金屈曲，醉入花丛宿”，我也曾在江南有过一些美丽的遇见，酒酣沉醉，伴花而眠。可是毕竟我没有留在江南，“此度见花枝”，如果现在让我来选择，如果我还能有那样的青春和激情，如果我还能有那种动人心魄的遇见，不要说未老，就是老了，我也不再回去了。“白头誓不归”，这一句韦庄用了一个“誓”字，有一种决绝的含义，可是往往越决绝，越不忍，越悲哀——我何尝不想回去，可是我回不去了，唐朝已亡，归向何方？佳人不在，归向何处？

《菩萨蛮》第四首：

劝君今夜须沉醉，樽前莫话明朝事。珍重主人心，酒深情亦深。

须愁春漏短，莫诉金杯满。遇酒且呵呵，人生能几何！

故乡家园再也回不去了，早已经物是人非。即便曾经留下过一段快乐回忆的江南，也已经无法再有那种快乐。到现在，我反倒自己劝自己，应该今朝有酒今朝醉，不要再想那些沉重的、令人悲伤的往事，不要再面对那些令人无法面对的现实。这里面“珍重主人心”一句中，“主人”是谁呢？一般认为指的是能够欣赏韦庄而且对他有知遇之恩的西川节度使，也就是后来前蜀的国主王建。韦庄此时劝自己说，不要再想故乡，不要再想家人，甚至不要再想江南了，就在四川吧，就在这里，要珍重主人对你的一片心意，就像这醇厚的美酒一样。“须愁春漏短，莫诉金杯满”，“春漏”指的是更漏，春天的夜晚如此美好，可是转瞬即逝，别说时光短暂，别推辞酒杯太满，尽情享受此刻吧。

可是，愈想潇洒，偏难潇洒。在这短短几十个字的小令当中，竟有两个“须”，也有两个“莫”。“须”是什么意思呢？是千万要这样——“今夜须沉醉”“须愁春漏短”。而“莫”呢？“莫”是千万不要这样——“莫话明朝事”“莫诉金杯满”。就这样的四个字，千回百转，重叠反复，诉说了多少内心深处的挣扎和无奈。其实韦庄是一个极富才华，有着很强行政能力的，也比较有成就的人物，而在词当中，却将他更为复杂也更为深幽的内心世界不知不觉地展露了出来。

最后这两句“遇酒且呵呵，人生能几何”，有人一定认为，为什么这里还出现了如此通俗的“呵呵”二字呢？叶嘉莹先生说，她当年看到的时候也觉得韦庄这一句是败笔、太浅白，而多年之后她忽然明白了“呵呵”二字的那种空洞无奈、强颜欢笑。曹操说“对酒当歌，人生几何。譬如朝露，去日苦多”，在这首词的结尾，韦庄说遇见美酒，我只能够强颜欢笑，人生短暂，我劝自己不要考虑那么多了。

《菩萨蛮》第五首：

洛阳城里春光好，洛阳才子他乡老。柳暗魏王堤，此时心转迷。

桃花春水渌，水上鸳鸯浴。凝恨对残晖，忆君君不知。

此时他忽然想到，洛阳城里应该是春光正好吧，当年他在洛阳写《秦妇吟》一举成名，当中有“洛阳城外花如雪”的句子，可是当年的这个洛阳才子却只能够在他乡终老了。洛阳著名的魏王堤上，应该是柳荫浓密，而此时他想到这里，心绪却变得迷茫、怅惘、低回。他又将思绪转移到眼前的四川，成都的春天也是非常美的，春水清澈，桃花美丽，鸳鸯成对，可是所有的这一切，都只是激起了词人更为深刻的怀念。“凝恨对残晖，忆君君不知”，历经了多少漂泊，最终相思成灰。“此情可待成追忆，只是当时已惘然”，如此深情的相忆，可是最终却落得了一个负心不返，这当中有多少不得已呢？有多少难言的情事呢？

这五首词，从最初“红楼别夜”的惆怅，“美人和泪”的叮咛，到江南的漂泊，还有“还乡须断肠”的悲哀；又转为离开江南以后，漂泊更远，深深地感慨年少不再，故乡难返，甚至发誓白头不归，决绝而又哀伤；又再转为“莫话明朝”，唯求沉醉的颓废，一直到最后重忆洛阳，高潮再起，层层深入，低回婉转，这心中凝结的幽恨可想而知。可是这样的幽恨，又有谁能知道呢？有谁能了解呢？有谁能相信呢？结尾的“君不知”，是内心深处极其深沉的哀怨。而“残晖”往往令人联想深远，比如李商隐说过“夕阳无限好，只是近黄昏”。也许它不只比喻故乡再也不能回去，心爱的女子再也不能见面，它还比喻着唐王朝即将衰亡和没落。也许“忆君”的“君”字不只指自己心中那个心爱的女人，也指心中一直挥之不去的朝廷和君王……

第三讲

我不能就这般离去

——冯延巳《鹊踏枝》

谁道闲情抛掷久？每到春来，惆怅还依旧。日日花前常病酒，不辞镜里朱颜瘦。

河畔青芜堤上柳。为问新愁，何事年年有？独立小桥风满袖，平林新月人归后。

可能很多人初次读这首词，看到里面的关键词“闲情”“惆怅”“花前”“病酒”“河畔”“新愁”“小桥”“新月”，似乎全是一派闲愁别趣，又有何意义？

但是，同样是写“闲”，同样是写“愁”，同样是写伤春悲秋、儿女情长，境界却可能迥然不同。所以，在王国维的《人间词话》当中有这样的一句评价，他说：

冯正中词虽不失五代风格，而堂庑特大，开北宋一代风气。与中、后二主皆在《花间》范围之外，宜《花间集》中不登其只字也。

王国维说，冯正中也就是冯延巳的词，虽然还没有失掉五代的那种歌儿舞女、酒席宴侧、儿女情长的风格，但是他的格局和境界却已经开拓得如此之大了。

冯延巳是五代十国南唐时候的人，但他不是一个一般的文人，而是南唐的宰相，一人之下，万人之上。之前曾经提到，韦庄是前蜀时期的宰相，之后还会讲到李煜，李煜是南唐的后主，是一个国君。以后还会涉及晏殊，晏殊也是身为宰相。再之后比如说欧阳修、苏轼、王安石等，都是执掌一时之权柄，功名事业光耀千秋的人物。而宋词恰恰具有这样的特点，这些词人往往在不经意间，把自己的心怀，把自己的性格，把自己真实的内心世界流露出来。冯延巳的父亲是南唐时期的高官——吏部尚书。冯延巳年轻的时候和中主李璟的关系非常好，交往甚厚，感情极佳。李璟做诸侯王的时候，冯延巳就陪他读书，等到中主李璟即位之后，冯延巳就顺理成章地做了一国的宰相。

也许有人还会感到疑惑，一个身为宰相之人，日理万机，国务缠身，哪来的闲情惆怅，哪里有空这样无病呻吟呢？其实诗词的字字句句中不只有儿女情长，也有烽烟万里、金戈铁马的一段段往事。当时南唐夹在一堆小国中间，北方是梁、唐、晋、汉、周，而最后一个国家后周逐渐兴起和强大起来，南唐必定面临着生死存亡的抉择。自从后周大将赵匡胤陈桥兵变、黄袍加身，建立北宋之后，就更加不断地扫灭小国，试图一统天下。所以当时的形势是：南唐这样的小国必亡。而冯延巳作为宰相，进不能攻，退不能守，于君于国又感情至深。既不能无所作为，又明知国家必亡，眼睁睁地面对这一命运，他究竟该怎么办？他不能躲，但也不能进，种种情怀纠缠、挣扎，他又不能无端地做出愁苦状，所以只能够将这种复杂的心绪倾注在笔下，倾注到词当中。

因此叶嘉莹有一句评价，说冯正中的词“盘旋郁结”。这样一种特别的感觉与杜甫的风格“沉郁顿挫”很相近，实际上饶宗颐先生也曾用“沉郁顿挫”来评价过冯延巳的词。他说：

> 余诵正中词，觉有一股莽莽苍苍之气。《鹊踏枝》数首尤极沉郁顿挫。
>
> ——《人间词话平议》

形容两位伟大的诗人和词人同样都用了“沉郁顿挫”四个字，但是个中滋味又是各有不同的。

当我们知道了上述的这些背景，了解了冯延巳的身世和他的经历，就会明白这绝对不是一首简简单单、闲极难忍的小词，而是冯延巳作为担负着家国命运的人物，精心创作的、糅合着家国情怀的深沉郁结之作。他看起来写的是伤春怨别，但融入的却是忧心天下的情怀，所以王国维说他“堂庑特大”。

接下来，详细地深入其中解读一下这首词。第一个层次：“谁道闲情抛掷久，每到春来，惆怅还依旧。”

这个“闲情”，指的是一种难以确指、无可名状的心态。不想拥有这种情绪，想刻意地抛掉，可是谁说已经抛掉了呢？只要一有空闲，那种浓浓的心绪又会漫上心头。20世纪90年代有一首小诗：

欲想潇洒，偏难潇洒。
拿是拿得起，放却放不下。

这样的一种心情，尤其是春天到来的时候，惆怅就会更加严重。提到春天，在古典文学的传统当中有“伤春悲秋”之说。这并不是说古人有多么多情，有多么脆弱，动不动无病呻吟。而是对四时季节的更替，对时光的流转有一种敏锐和感悟。春天是最美的，而最美的东西也是流逝得最快的。当代诗人席慕蓉写道：

我可以锁住我的心
为什么，却锁不住爱和忧伤
在长长的一生里
为什么，欢乐总是乍现就凋落
走得最急的，都是最美的时光
——《为什么》

席慕蓉的诗和古人有一样的通感。他们都体会到了人生之美好，也体会到了人生之悲哀。这个悲哀就像鲁迅先生说的“悲剧是将人生有价值的东西毁灭给人看”。所以，当我们眼看着最美的东西孕育盛开，又眼见着它凋落和破败，在这所有的见证当中，就会油然而起珍惜、敬畏之心。这恰恰是古人和文化所带给我们的最宝贵的东西，珍惜眼前所拥有的一切，活在当下，敬畏天地君亲，谦卑而平和。

所以冯延巳的词中写道：每到春来，我眼见着大好的春光、大好的河山，可是我知道它终将一去不返。念及此，我心中的惆怅怎么能轻易地挥去呢?

“日日花前常病酒，不辞镜里朱颜瘦”，提到了“花”，提到了“酒”，这些也都是古典文学当中最常见、最常用，也是寓意很深的意象。“花”等同于另一个字——“华”，也就是年华。在《楚辞》当中有一句，叫作“岁既晏兮孰华予”——屈原《九歌·山鬼》里这样一位美丽的女子，她感叹年华易逝，最美好的光阴就要过去，“美人迟暮”，谁还能给我这一世的芳华呢？这种感觉，就像王家卫著名的电影《花样年华》，寓意也是很深的。冯延巳写道：我在花前，在最美好的事物面前，我只能饮酒，而且这种“饮”是沉溺其中，不能自拔，已经成病。

提到了酒，在韦庄《忆江南》当中，也有一种在酒前的无奈且强颜欢笑，叫作“遇酒且呵呵，人生能几何”。很多古人都如此，在怀念美好终将逝去而又万般无奈的时候，酒在他们的笔下变得异常伤感。

杜甫《曲江二首》中曾经写道：

一片花飞减却春，风飘万点正愁人。
且看欲尽花经眼，莫厌伤多酒入唇。

也是同样的感慨。最美好的光阴却流逝得最快，而自己人生最美好的年华也已经逝去了。此刻不要嫌酒太多，只将心绪不断地注入其中吧。

李白写过“抽刀断水水更流，举杯消愁愁更愁”（《宣州谢朓楼饯别校书叔云》）。水流不尽，逝者如斯，不可斩断，越是举起酒杯，越是愁绪绵绵。范仲淹也写过这样的句子：“明月楼高休独倚。酒入愁肠，化作相思泪。”（《苏幕遮》）月圆之夜的高楼之上，不要独自依倚。端起酒来洗涤愁肠，可是都化作无尽相思的泪水。

碧云天，黄叶地，秋色连波，波上寒烟翠。山映斜阳天接水。芳草无情，更在斜阳外。

黯乡魂，追旅思，夜夜除非，好梦留人睡。明月楼高休独倚。酒入愁肠，化作相思泪。

——《苏幕遮》

同样地，冯延巳怀揣无尽愁思，“日日花前常病酒，不辞镜里朱颜瘦”。词写到此处，提到了镜子。温庭筠的词里，“照花前后镜，花面交相映”，镜子也许意味着一种反观，一种自省。镜子里面的“朱颜”，也就是红颜，最美好的容颜越来越憔悴。李煜笔下“雕阑玉砌应犹在，只是朱颜改。问君能有几多愁？恰似一江春水向东流”（《虞美人》）就是痛惜红颜易老、人生无常。

这两句短短的词中，有物态的“花”“酒”“镜”“朱颜”，还有极具情态的“常病”和“不辞”。两句话的意思是：我明知日日花前饮酒是病，我明知镜里的朱颜正在一天天憔悴枯萎，可是我只能沉溺于这病中，我能挽救吗？我又能推辞吗？千回百转，而又沉默执拗——我只有承受，一个人默默地承受。

下一阕：“河畔青芜堤上柳，为问新愁，何事年年有？”字面上看，意思是春天来了，河畔上青草生绿，柳树成荫，可是为什么我的愁绪还是年年都生发呢？其实这个“柳”字也是古典文学当中常常出现的意象。“柳”的谐音是“留”，含有一种离情别绪，也含有一种挽留、舍不得的心情。之前在韦庄的词中也有“柳暗魏王堤”之句。

再看李煜《清平乐》：

别来春半，触目柔肠断。砌下落梅如雪乱，拂了一身还满。

雁来音信无凭，路遥归梦难成。离恨恰如春草，更行更远还生。

柳荫浓密，春光明媚，可是我还是想问自己，为什么这种愁绪就像春草一样，明明已经走得越来越远了，可它还在疯狂生长呢？

这样的一种哀愁永远无法根除，而且目之所及，哀愁就像春草惊人地再次生长起来。在这样的情绪当中，我们能感觉到冯延巳有挣扎、有努力、有反省、有疑问，但是他找不到答案，得不到解脱。因此他就在这样的回旋往复又无可奈何，充满痛苦又不得不面对，且又不能解脱的复杂、难言、盘旋、郁结的情绪当中，面对着春花秋月，度过生命。

最后的两句，“独立小桥风满袖，平林新月人归后”——我一个人独立在小桥之上，毫无依傍，也不想依傍。我只任那夜晚的寒风从四方吹来，寒凉彻骨，灌满了我的衣袖。我不走，我不回到温暖的屋子里去，我知道只能迎接这无情的冷风，直到夜色深沉，直到新月孤悬，直到众人全都归去。

在这两句词当中，也涉及一个古典文学当中最常见的意象——“桥”。“桥”是一个符号，也是一种象征，意味着漂泊，也意味着摆渡，又是此岸到彼岸的一个连接。此刻，冯延巳——我——一国之宰相，我就站在这桥中间，我无处可去。这样的一个意象，镜头拉远，光影重叠，仿佛是一个静止的图像，仿佛是一个定格的特写。

卞之琳先生有一首著名的小诗：

你站在桥上看风景，
看风景人在楼上看你。
明月装饰了你的窗子，
你装饰了别人的梦。

——《断章》

冯延巳不管怎样尽心竭力，有怎样深入骨髓的痛彻，怎样为了家国殚精竭虑，终究阻挡不了历史的潮流，阻挡不了南唐的命运。因此他站在这个小桥之上，无可奈何，冷风灌袖，惆怅而彷徨，这样的影像就永远定格在历史的瞬间。

饶宗颐先生有一句评价，他说从这首词当中可以看到冯延巳“鞠躬尽瘁，具见开济老臣怀抱”（《人间词话平议》）。这句话当中引用了两篇文章中的句子：一个是《后出师表》当中诸葛亮自己的陈情，叫作“鞠躬尽瘁，死而后已”；一个是杜甫所写的名诗《蜀相》当中的“三顾频烦天下计，两朝开济老臣心”。诸葛亮聪明绝顶，竭尽全力，然而终不能挽回蜀国必然败亡的趋势，那种痛彻心扉的苦楚又与谁说，又怎样能够言说呢？

这样一首小小的词，看起来轻柔婉转，却有着如此深沉的意蕴。而词之美恰在这里，幽谧隐微而有着很深的意旨，似乎毫不着力，而又情怀俱现。

第四讲

"无常"就是生命的真相

——李煜《虞美人》

春花秋月何时了，往事知多少？小楼昨夜又东风，故国不堪回首月明中！

雕阑玉砌应犹在，只是朱颜改。问君能有几多愁？恰似一江春水向东流。

对于李煜这位词人，对于这首词，我们都特别熟悉。但是，越是熟悉的地方越没有风景，所以其实这首词是很难解读的。那就还让我们从词作本身直接入手，让词作本身，让这一个一个的文字走过千古的时光来和我们一起对话。

词作以字数划分，58字以内为小令，例如《忆江南》《渔歌子》《如梦令》《相见欢》《浣溪沙》《菩萨蛮》《清平乐》《浪淘沙》；59字至90字为中调，例如《蝶恋花》《一剪梅》《钗头凤》《渔家傲》《江城子》《青玉案》《临江仙》《定风波》；91字以上为长调，例如《满江红》《水调歌头》《念奴娇》《水龙

吟》《雨霖铃》《沁园春》《贺新郎》。

《虞美人》就属于一首小令，取自于项羽乌江自刎、霸王别姬之意。因此它本身就含有一种凄美的诀别，一种不堪回首的哀伤。所以这首小令里面也就自然地写出来一种哀绝、婉转的内容。

俞平伯先生曾经评价前两句：

> 奇语劈空而下，以传诵久，视若恒言矣。
>
> ——《读词偶得》

他说这两句天造地设、天风海雨一般奇语劈空而来，但是因为传诵的时间久了，反而不觉得了。但就是这几句词，恰恰反映了李后主的特色，那就是绝不忸怩作态，绝不捻须苦吟。虽然造句奇警、劈空而来，但却又千古回响、余音不绝。

而最有意味的是，一句“春花秋月何时了？往事知多少”，把宇宙的无尽和人生的无常一网打尽，一句话道尽了人类共有的生之悲哀。春秋无尽，四季轮转，宇宙和自然就是这样无休无止。我们曾经一度天真地以为人永远不会老，爱永远不会跑，但是转眼之间，沧海桑田，人世巨变。曾经的轰轰烈烈、爱恨情仇，一转眼都已经成了如烟往事。

刘禹锡曾经写过这样的两句诗，“人世几回伤往事，山形依旧枕寒流”（《西塞山怀古》）。人世间令人伤怀的往事有多少呢？高山依旧枕着冰冷的水流，没有任何变化。陈子昂也曾经写过：“前不见古人，后不见来者。念天地之悠悠，独怆然而涕下。”（《登幽州台歌》）天地亘古恒常不变，而在这无限的时间轴上，人类短暂的生命如白驹过隙，倏忽而已。穿越时空，同情共感，这也正是这首小词能够传诵千古的原因。

王国维在《人间词话》当中有一句评价，他说：

> 尼采谓：一切文学，余爱以血书者。后主之词，真所谓以血书者也。宋道君皇帝《燕山亭》词亦略似之。然道君不过自道身世之戚，后主则俨有释迦、基督担荷人类罪恶之意，其大小固不同矣。

应该说王国维先生特别欣赏五代和北宋的词，而在五代当中又尤其欣赏南唐的词。为什么他这样欣赏南唐的词呢？他认为就像尼采所说，一切文学、真正美好的文字应该是“以血书者”。如果以实际情况论，李后主本身是一个亡国之君，整天歌舞升平、荒淫逸乐，最终破国亡家。这样的一个罪人、一个阶下囚，又怎会有释迦、基督担荷人类罪恶的伟大？王国维是一种比喻，他的意思是：李后主虽然写了一个人的悲哀，却无意间写尽了所有生命的悲哀。而“以血书者”则指内心深处最深切、最真挚，发自肺腑、敏锐而至情的那种感动。李后主作为一个国君是失败的，但是作为一个词人，他却始终保持最纯真的性格，从不矫揉造作，一切出乎自然。因此王国维说他和宋道君（也就是宋徽宗，也是一个亡国之君）相比较，虽然同样写破国亡家之痛，但是，宋徽宗只是写出了自己的悲哀，并且他的词是用头脑安排出来的，而李后主的词则是从心灵奔涌倾泻而出的，并且他由一己的悲哀写到了人类共有的悲哀，当然有高下之别。

而这样的一种真切、敏锐、深挚、发自内心的情感，恰恰是一首作品能够穿越时空、永久流传最重要的原因。时间会检验一切，不管写得怎么美、说得怎么好、设计得怎么精巧，如果在文字的背后没有感动的灵魂、没有真挚的情怀，终归只是巧言叙事，禁不住时间的检验。

在《论语》当中有这样一段孔子和学生的对话：

子夏问曰："巧笑倩兮，美目盼兮，素以为绚兮，何谓也？"子曰："绘事后素。"

——《论语·八佾》

子夏问老师，《诗经》中有这样几句：笑靥如花，酒窝深深，眼波流转，顾盼生辉，素颜以对，光彩照人，这是什么意思呢？孔子说，这是因为底子纯粹，所以作画才美丽。这一小段对话恰恰说明了一个"真"的人，他的一句"真"的话、一篇"真"的作品，之所以能够感动人，之所以能够流传下来的最重要的原因。

来看看这首词的下两句："小楼昨夜又东风，故国不堪回首月明中。"

关于东风，李商隐曾经挥笔写下"东风无力百花残"。而李后主的另外一首词《相见欢》也有这样的句子："林花谢了春红，太匆匆。无奈朝来寒雨晚来风。"——曾经以为永远绽放、曾经以为天长地久，却不想一朝残破、却不想一夜白头。叶嘉莹先生曾经用了两个词："纯真"和"任纵"来形容李煜，说他的人生是不加反省和节制的，当然也是特别率真和自然的。

王国维在《人间词话》当中还有这样的一段评语：

> 词人者，不失其赤子之心者也。故生于深宫之中，长于妇人之手，是后主为人君之短处，亦即为词人所长处。

李后主为人、为词，最大的优点就是他的纯真，没有伪饰，全然一片赤子之心。虽然作为人君，他从小生在深宫，长在妇人之手，可以说丝毫没有行政治国的经验，而又不勤于理政。他在亡国前纵情享乐，在亡国后也因为这种纯真和任纵不加反省和节制，乃至最终丢掉了性命。

有一段野史笔记记载，宋太宗曾经派李煜原来的大臣、后来归降了宋朝的徐铉去见自己的旧主。徐铉见到李煜之后，李煜就跟他说“悔杀潘佑、李平”。这是当时主战的两个将领，李煜说自己后悔杀了他们。而徐铉问李煜平时都做些什么？李煜非常伤悲，痛哭流涕地说他在写词，写“故国不堪回首月明中”。见到宋太宗之后，徐铉不敢隐瞒，把李煜悔杀潘佑、李平，又写下了“故国不堪回首月明中”之句报告了皇帝，引起宋太宗的猜忌之心，最终赐予李煜“牵机药”——一种喝了使人手足抽搐而死的毒药。所以南唐后主就是以这样的方式，走向了自己人生最终的绝路。

就情感抒发方式而言，在诗人和词人当中其实有两类：有一类词人和诗人是非常理性的，比如曹丕、杜甫、晏殊，他们不管有怎样情绪的宣泄，终究还是用理性加以圆融观照；另一类诗人和词人则是感性的，比如曹植、李白、李煜，他们的情感就像滔滔江水一般倾泻而下，像天风海雨一般奔涌而来。他们内心特别敏锐，这种内心极为敏感的人，他们把人生当中的感动和伤悲极度扩大化，扩展到了所有人类共有的痛苦和伤悲，就好像一把快刀割破了肌肤，鲜血淋漓的伤口让所有人悲悯。

“雕阑玉砌应犹在，只是朱颜改。”从广大的全宇宙、全人类的悲哀，朱颜慢慢地回到了现实。“雕阑玉砌”，华丽而又冰冷，无知、无声、无情，可正是因为它们没有知觉，没有生命，没有感情，所以更容易永恒不变，而不容易遭到挫折和蹂躏。而当年巧笑倩兮、美目盼兮、肤如凝脂、口若含丹的朱颜，却被时间的巨手摧枯拉朽，无情地掠夺。

写到这，我想起一句佛教的用语，叫作“无常”。我们常常以为永恒不变的欢乐会永远存在于生命之中，却不知无言而又无情的两个字“无常”伴在我们的左右：它总是在最猝不及防的时候突然拿走我们的红颜，拿走我们的生命，拿走我们的挚爱，拿走我们的亲人；它总是在最猝不及防的时候让人心如刀绞、肝肠寸断。而这时，我们才明白“无常”就是生命的真相。

至此故国和朱颜都已成为长逝不返的哀痛，于是李后主就以一支奔涌如河的巨笔，写出了那句“问君能有几多愁，恰似一江春水向东流”。你还能有多少哀愁呢？就像那一江春水滔滔不绝、永无停歇，不能阻挡。人生到此，只剩下一片浩浩汤汤、无穷无尽的哀愁而已。

同样地，李煜在他的另一首词《相见欢》当中也有这样的句子：

胭脂泪，留人醉，几时重？自是人生长恨水长东！

词中提到了“长恨”，这让人想起白居易的《长恨歌》，虽然唐玄宗和杨贵妃两个人多么希望“在天愿作比翼鸟，在地愿为连理枝”，而往往最长久的希望、最长久的祝福，却有着最长久的遗憾、最长久的哀愁。到此处，我们看到了李后主的词里虽然是一己的亡国之殇，但是也正因为其深切、真挚的感发，写出了天上人间、春花秋月、人生长恨这样涵盖了宇宙和人生的永恒主题。

李后主的词率真而自然、博大而包举，所以王国维再次评价他：

> 词至李后主而眼界始大，感慨遂深，遂变伶工之词而为士大夫之词。
>
> ——《人间词话》

从春花秋月、超越古今的情感，到一江春水、滔滔无尽的气象，这样的一首小词，从一己的亡国之悲，写出了千古人世无常的伤痛。

有人评价这首小词层层呼应，章法分明，但对于李后主而言，却绝非出于有心的造作和安排。他只是纯真而任纵地写出了从极乐到尘埃的直觉感受而已。这种率性和自然的运笔写法，却反而使得他各方面的成就达到了极致，而这正是李后主词的过人之处。

第五讲

淡淡写景　浓浓用情

——欧阳修《踏莎行》

之前曾经讲过的四首词中，除了温庭筠的“照花前后镜，花面交相映”之外，韦庄的《忆江南》、冯延巳的《鹊踏枝》、李煜的《虞美人》，几乎是一首比一首伤感和悲戚，仿佛总是让人体会那种痛苦和纠结的人生，心情好像随之更低落了。

而这一则，却会看到另外的一种人生，一种经历了沉沦和悲哀，却仍然能够意兴勃发、兴致盎然的人生——这就是北宋初年的一代文坛盟主欧阳修。

欧阳修是怎样的一个人呢?

欧阳修（1007—1072），字永叔，号醉翁，晚年自号“六一居士”，散文影响巨大，他与韩愈、柳宗元、王安石、苏轼、苏辙、苏洵、曾巩合称为“唐宋八大家”。

欧阳修少年的时候生活贫困，四岁就丧父了，母亲曾经用芦苇来代替笔，在沙上写字，亲自教他读书，这就是著名的典故“欧母画荻”。

欧阳修少年成名，博学多才，二十四岁时进士及第，后来入京任职，因为仗义执言，风骨硬朗，被贬到夷陵。后来回京之后，仁宗年间积极参加范仲淹领导的庆历新政。新政失败后，再次被贬到滁州，四十八岁才回到京师。欧阳修晚年一直做到了参知政事，相当于副宰相之职，还做了吏部和兵部尚书。

提到欧阳修的号“醉翁”，大家一定会想到曾经学过的名篇《醉翁亭记》，而这篇意兴飞扬、笔触优美的文字，却是他在被贬时所作。

贬谪，是很多著名的大文人都曾经遭遇过的一个经历。在古代中国，知识分子人生最主要的目标就是考中进士、获得官职，然后一步步出将入相、功成名就。可是在这个一步步建功立业的过程当中，在自己的政治抱负、理想、执政的观点与当时政坛的其他派别发生了矛盾乃至激烈冲突的时候，落败的一方就会被贬谪，从职场权柄的高位到偏离中心的低位，从繁华舒适的京师到老少边穷的远地。甚至有的人终生不得起用，再也不能实现自己的理想和抱负，从此老死在他乡异域。

贬谪所带给人的，就是一种终极拷问。正当你志得意满、叱咤风云之时，忽然变得低沉落魄、漂泊无依，你会用怎样的态度去应对，你会有怎样的人生状态？一个人真正的素质和风神，不是看他春风得意的时候，而恰恰是看他沉沦下僚的时候。波折和苦难是一块试金石，它会试出不同的人不同的气度和操守。

而叶嘉莹先生曾说过，欧阳修在这种人生的不幸当中还仍然能够保持着一种“遣玩的意兴”（《唐宋词十七讲》）。我们先来回忆一下他的名篇《醉翁亭记》。

环滁皆山也。其西南诸峰，林壑尤美，望之蔚然而深秀者，琅琊也。山行六七里，渐闻水声潺潺，而泻出于两峰之间者，酿泉也。峰回路转，有亭翼然临于泉上者，醉翁亭也。作亭者谁？山之僧智仙也。名之者谁？太守自谓也。太守与客来饮于此，饮少辄醉，而年又最高，故自号曰醉翁也。醉翁之意不在酒，在乎山水之间也。山水之乐，得之心而寓之酒也。

若夫日出而林霏开，云归而岩穴暝，晦明变化者，山间之朝暮也。野芳发而幽香，佳木秀而繁阴，风霜高洁，水落而石出者，山间之四时也。朝而往，暮而归，四时之景不同，而乐亦无穷也。

这样的文字明白晓畅、晶莹剔透，而又圆融轻快，毫无滞涩之感。当他遭到人生大不幸的时候，当他受到很多政敌污蔑、侮辱的时候，在他的笔下仍然是那样明丽的山水、那样可爱的自然，仍然有那么多可赏可玩儿的景物，让人醉心不已、流连忘返。

在我心中欧阳修是可爱的，他被贬滁州时还写过这样一组小诗：

丰乐亭游春三首

其　一

绿树交加山鸟啼，晴风荡漾落花飞。
鸟歌花舞太守醉，明日酒醒春已归。

其　二

春云淡淡日辉辉，草惹行襟絮拂衣。
行到亭西逢太守，篮舆酩酊插花归。

其　三

红树青山日欲斜，长郊草色绿无涯。
游人不管春将老，来往亭前踏落花。

绿树参差、山鸟啼鸣、晴空万里、春风荡漾——太守我醉了！天高云淡、春光妩媚、草色惹眼、飞絮沾衣，如果你到这里游春赏花的话就会遇到太守。太守是谁呢？就是那个坐着小竹轿子，喝得微醺半醉，插着满头的鲜花，晃晃悠悠回去的那一个。欧阳修真是一个非常可爱的人！

《菜根谭》说：

此心常看得圆满，天下自无缺陷之世界；
此心常放得宽平，天下自无险测之人情。

你的心是什么样的，你看到的世界就是什么样的。这个世界有丑陋也有美好，就看你用什么样的心去对待。经历过人生，会明白“无常”两个字是人生的真相；也许你会突然失去名利、失去健康、失去亲人，这些“无常”的不幸不是我们能把握的，而如何对待这些无常和不幸，却是我们能够把握的。

欧阳修在宋初的文坛和政坛地位极高，为天下所仰慕。当时著名的文人梅尧臣、苏舜钦都是他的密友，苏洵、王安石受过他的引荐，苏轼、苏辙、曾巩则是他一手提拔起来的后起之秀。他是宋初古文运动的倡导者，提倡文以载道；他是文坛的盟主，开创了一代之风。

那么在这样的古文大家笔下写出来的小词是什么样的呢？

清人尤展成曾经评论说：

六一婉丽，实妙于苏。欧阳公虽游戏作小词，亦无愧唐人。

“六一”指的是欧阳修晚年的字号，他说：“有琴一张，有棋一局，有酒一壶，有书一万卷，有金石遗文一千卷，我一个老翁，老于此五物之间，故自号六一。”

把平凡的生活过得有情趣，把苦难的生活过得有兴致，这是一种能力，更是一种人生的姿态。而欧阳修的人生姿态就在他的不经意而为之，在戏作小词之中展示出来了。

踏 莎 行

候馆梅残，溪桥柳细，草薰风暖摇征辔。离愁渐远渐无穷，迢迢不断如春水。

寸寸柔肠，盈盈粉泪，楼高莫近危阑倚。平芜尽处是春山，行人更在春山外。

候馆就是旅社，在前三句当中候馆、梅残、溪桥、柳细、草薰、风暖、征辔，组成了这样的图景：旅社旁的梅花已经开过，暖风吹送着青草的芬芳，孤独的游子正缓缓地摇着缰绳，向着那一片茫茫的草地，开始漫漫无涯的行程。

本来和风送暖，草色葱茏，这样美好的春光，却不能留在家乡，和心爱的人一起欣赏，我只能踏上征途。梅花本来有遥寄相思之意，可是现在梅花已落，无法再寄。柳枝本来也意味着挽留，可是柳细如丝，难系忧愁。

“离愁渐远渐无穷，迢迢不断如春水”与李后主的两句词“离恨恰如春草，更行更远还生”有异曲同工之妙。在这个时候离开，虽然有遗憾、有幽怨，但并不是走得越远、时间越长，这种思念就会越淡；而恰恰时空的阻隔越久，思念就会越沉、越浓。

其实李后主也写过春水，他说“问君能有几多愁，恰似一江春水向东流”。他的春水是一泻无余的悲怆伤怀，不加控制、不会停止。而欧阳修的春水则是草薰风暖、渐行渐远、脉脉含情、迢迢不绝。同样是春水，每个人的风格不同，因为他们用情的态度是不同的。那么，欧阳修是怎样用情的呢?

接着来看下一阕，“寸寸柔肠，盈盈粉泪，楼高莫近危阑倚”。这几句开始转移到女子的视角，闺中之人目送自己爱人的远去，必定会伤心，但却不是痛哭流涕，不是号啕大哭，不是伤心欲绝；而是无语凝噎、柔肠百转。快刀斩麻的痛变成了钝刀割肤的伤，虽然伤心，却又缠绵柔婉，万般不舍。

讲到这里我忽然想起有一部老电影叫《归心似箭》，当中有一部主题曲《雁南飞》：

雁南飞，雁南飞，
雁叫声声心欲碎；

不等今日去，
已盼春来归。
今日去愿为春来归，
盼归，
莫把心揉碎，
且等春来归。

关于“柔肠”二字，欧阳修有另外的一首词叫作《玉楼春》，也是非常经典地体现了他的情怀和性格。我们一起来看一下：

尊前拟把归期说，欲语春容先惨咽。
人生自是有情痴，此恨不关风与月。
离歌且莫翻新阕，一曲能教肠寸结。
直须看尽洛城花，始共春风容易别。

酒杯前打算把归期说定，一杯醇酒，心切情切。可是还未开口，佳人已经无语泪滴，如春风一般妩媚的娇容，先自戚哀低噎。人生自是有情，情到深处人痴绝。这戚戚别恨，不关楼头的清风，中天的明月。在饯别的酒宴前，莫再演唱新的一阕了，因为听歌一曲也让人愁肠寸寸欲绝。人总是要离别的，花总是要凋落的，可是今天趁人还在、花还开的时候，我要好好把握，尽情珍惜享受现在的美好。我要毫不犹豫地和你一起，把洛阳满城最美的牡丹看尽；我要付出我最大的情感、精神和力量去欣赏，和你一起同游相偕。这样，即使花落了，人别了，我毕竟没有辜负、没有虚度这最美好的日子，我才会少一些沉重遗憾，才会了然无悔地，与归去的春风握手言别。

接下来看《踏莎行》这首词其余的几句：

楼高莫近危阑倚。
平芜尽处是春山，
行人更在春山外。

不要再倚靠那高楼危栏了，不要再举目远眺。李觏《乡思》中写道："人言落日是天涯，望极天涯不见家。"范仲淹《苏幕遮》中写道："山映斜阳天接水。芳草无情，更在斜阳外。"镜头越拉越远，斜阳已远，芳草更在斜阳之外；春山已远，行人更在春山之外。

淡淡地写景，却是浓浓地用情；尽享了当下的美好，就算离别也了然无憾——这就是欧阳修，这就是欧阳修用情的态度。

第六讲

优雅的叹息　圆融的观照

——晏殊《浣溪沙》

每一首宋词，都能让我们看到不一样的人生、不一样的境界。有的华丽，有的深情，有的悲怆，有的洒脱。那么，在宋初词坛领袖——“大晏”，晏殊的词里面，我们又能看到怎样的状态呢？

首先，我们在晏殊的词当中看到的是一种雍容的气度。叶嘉莹先生曾经评价说：“这一份雍容富贵的风度，在我国诗人的作品中是极为罕见的。”（《唐宋词十七讲》）为什么晏殊的词独有这种雍容华贵的风度？有人认为这是因为他少年成名，富贵显达。我们先来简单看一下晏殊的生平。

晏殊（991—1055），字同叔，抚州临川人。他生在北宋真宗和仁宗两朝时的太平盛世。少年天才，被誉为神童。十四岁的时候就赐同进士出身，后来又官至宰相。之前我们讲韦庄的时候，他也是官至宰相，可是他在五十九岁那年才考中了进士。由此可见晏殊是何等顺利和幸运。

欧阳修为晏殊所作的碑铭中说：

> 遂登馆阁，掌书命，以文章为天下所宗。
>
> 由王官宫臣，卒登宰相。凡所以辅道圣德，忧勤国家，有旧有劳，自始至卒，五十余年。

可以说晏殊的功名、成就、身份和地位是非常令人景仰和羡慕的。因此有人认为，晏殊是足够幸运，得到了上天的眷顾。那么，晏殊的雍容气度究竟来自哪里？我认为，这很大程度上取决于他先天的气质禀赋。

晏殊是一个非常真诚坦率的人。他从小聪明好学，五岁的时候就有神童之称，十四岁那年得到推荐，进京和数千名考生一起参加殿试。一个十四岁的孩子面临着这种大场面，神色自如、下笔如飞，非常顺利地完成了答卷，而且文采斐然。真宗皇帝大为高兴，赐同进士出身，好好嘉奖了他。过两天之后又要进行诗赋论的考试，然而当这次试卷发下之后，晏殊却顿笔不动。大家都感觉非常奇怪，晏殊就说："这道题我曾经练过，恳请皇上换一道别的题来考我。"这样一种真诚厚朴的态度更加受到皇上的欣赏和喜爱，被授予秘书省正字。

还有一件事也能够说明晏殊这种非常纯净、非常坦率的先天性格和禀赋。他入朝为官之后，当时天下太平国富民安，文武百官下朝之后都会到一些豪华的场所去聚会宴饮。有一天皇宫当中要为太子选讲官，就是给太子教书、陪他读书的官员。很明显这是一个美差，正当大家纷纷猜测到底谁会有这个殊荣的时候，皇上却突然亲自点名让晏殊上任，所有的人都感到非常惊讶。而皇上说：“众爱卿天天下朝之后都去聚会宴饮、酬唱应答，只有晏殊和他的兄弟们闭门读书。他这么谨慎和忠厚，这不正是教太子读书最合适的人选吗？”可是没想到晏殊面对突然从天而降的美事和皇上的赞誉，此时却非常老实诚恳地回答：“为臣我并非不喜欢宴游玩乐，只是家里贫穷没有钱出去玩。臣如果有钱，也会去宴饮的。”皇上听了此话没有恼怒，而是从此更欣赏他的本色和质朴。

如此近乎木讷的真诚，正是晏殊人生的底色；也正是因为这样一点，更加赢得了皇上的厚爱和信任。当仁宗即位之后，晏殊便得以重用，官至宰相。

一个人整体的气质和容颜，并不在于后天的穿金戴银、雕琢巧饰；“本色”两个字实际上是非常重要的。的确，晏殊的一生可以说是富贵荣华、仕途坦荡；他的诗词当中也没有像柳永、张先等羁旅愁苦的味道。而他的雍容气度，却并非由于“富”才“贵”。我们来看一下这样的一段话。

吴处厚《青箱杂记》卷五记载：

> 晏元献公虽起田里，而文章富贵，出于天然。尝览李庆孙《富贵曲》云：“轴装曲谱金书字，树记花名玉篆牌”。公曰：“此乃乞儿相，未尝谙富贵者。”故公每吟咏富贵，不言金玉锦绣，而唯说其气象，若“楼台侧畔杨花过，帘幕中间燕子飞”，“梨花院落溶溶月，柳絮池塘淡淡风”之类是也。故公自以此句语人曰：“穷儿家有这景致也无？”

这段话的意思是说：晏殊虽然也是出身于农家，比较贫苦，但是他的文章天然有一种富贵高华的大气，这是自然而然带来的。曾经有一次他看见别人写过这样的句子，叫作“轴装曲谱金书字，树记花名玉篆牌”的时候就说，这像是一个乞丐说的话，不明白什么是真正的富贵。我每次真正要想吟咏富贵的时候，我从来不说那些金玉锦绣，而是“楼台侧畔杨花过，帘幕中间燕子飞”“梨花院落溶溶月，柳絮池塘淡淡风”之类，这样的句子全然都是一种气象，真正贫穷落败的人家哪里有这样的景致和气象?

同样是面对金玉和珠花，有的人鄙态自现，有的人却神态自若；有的人看到的是锦绣斑斓，有的人体会到的却是高远博大。晏殊的词里面写富贵，在神不在形，绝不琐碎地描摹物态，而是写出了博大、高远的气象；这一切绝非刻意，而是天性使然。

接下来，在晏殊的词当中我们看到了一种“圆融的观照”。

很多人认为晏殊的词过于圆融和平静，既没有摄人心魄的激情，也没有令人目眩的光芒，这种感觉就像他的词集《珠玉词》一样温润、纯净。

之前我们曾经说过，历史上有理性的诗人和词人，也有感性的诗人和词人。感性的词人就像李后主，任由情感挥发，不加反省和节制。而理性词人的情感，则像一湖平静潭水，虽然也会有石子的投入，激起千层波澜；也会有狂风袭来，掀起万层褶皱，但始终不会改变这湖潭水的平和宁静。

正像《菜根谭》当中的一句话：

风来疏竹，风过而竹不留声；
雁渡寒潭，雁去而潭不留影。

这就是一种君子的心态：无论何时、无论怎样，都能保持含蕴、静止、深沉的风度；对于一切事物，有思考和明辨，也有反省和节制；既有成年人理性的把握和权衡，也有儿童一般纯真敏锐的心灵和感受。

当然，我们要说晏殊的成功绝非幸运所致，他是一个非常有能力、有胆识、有洞见的将相之才，而绝不是一个生在深宫长于妇人之手的人物。

在《宋史·晏殊传》中曾经记载，乾兴元年（1022年）当十二岁的仁宗刚刚即位的时候，刘太后听政，当时的宰相丁谓、枢密使曹利用就想独揽大权。朝中百官全都束手无策，只有晏殊提出垂帘听政，使得二人都无法单独掌权。

另外，当李元昊建立西夏国，出兵陕西、大军压境的时候，整个宋军面临非常大的压力。晏殊非常全面地分析形势，冷静谨慎地提出来撤销内臣参军，由统帅决定军中大事。然后他又训练弓箭手备战，采取清理宫中积蓄的财物来资助边关以及追讨流失的物资来充实国库等举措，终于平定了这场边患。

这两件事足以说明晏殊的行政才能，这种非常具有理性操持的才能在其词当中也有表现。但是，这种理性绝对不是精于算计和头脑的判断；而是他极为丰厚的人生体验的一种自然外放，是个人的修养理性和情感的水乳交融。

以他最经典的《浣溪沙》为例：

一曲新词酒一杯，去年天气旧亭台。夕阳西下几时回？
无可奈何花落去，似曾相识燕归来。小园香径独徘徊。

这首小词的主题，也是像之前我们讲李后主的时候提到的两个字：“无常”——写的是人生无常的悲哀。李后主写起来，给人的感觉是痛彻心扉、尖锐而恣肆；晏殊写起来，却如和煦清风，反而给人更长久、更深沉的思索。

第一句“一曲新词酒一杯”，起笔毫不用力、不着痕迹，美好而轻松，有歌、有词、有酒。可是在酒和歌当中，就容易引发人的感伤，就像曹操那句著名的“对酒当歌，人生几何？譬如朝露，去日苦多”。

酒能够激发我们对人生的诸多感触。人生是无常的，也是有限的。李后主会怎么写呢？他会说“春花秋月何时了，往事知多少”，仿佛一阵飓风骤起，瞬间风起云涌、波浪滔天。

晏殊也是在写春来春去、岁岁年年的无常。但是，他说“去年天气旧亭台”，亭台依旧没有改变，“雕阑玉砌应犹在”。这样的写法却是闲淡、泰然，似乎毫不着力。但是接下来的一句“夕阳西下几时回”，却一下子就写出了力透纸背的深度，写出了人生无常的真相。

春去春又回，年华轮转。可是今天的夕阳落了，何时还能再升起？晏殊在另外的一首小词当中说道：

一向年光有限身，等闲离别易销魂。

春光是短暂的，人生也是短暂的；人生不只短暂，而且有很多苦难。就是在这样看似轻松、看似不知不觉当中，我们经历了多少生死的离别。当这种无常冲击着词人心灵的时候，李后主笔下会迅速地奔涌而出“自是人生长恨水长东”，但是晏殊就会写“无可奈何花落去，似曾相识燕归来”。

叶嘉莹先生曾把这种特点概括叫作“情中有思的韵致”（《唐宋词十七讲》）。她说这一份思致是由于晏殊对于人生的感受和体验而得，绝非头脑思索而得；它原在情感之中，而并非在情感之外。这种对于人生的体验和积淀已经深深地陈于胸中，挥笔写的时候自然而然地流露出来——并不是奔涌，而是潺潺地流淌而出。其中风轻云淡、娴雅自适的背后，带有哲理的意蕴足以引人深深地思索。

就像晏殊的另外这几句极为有影响的词一样：

满目山河空念远，落花风雨更伤春。不如怜取眼前人。

从表面来看不过写的是伤春和念远，而晏殊也未必有心表现什么思致。但是当我们读到这三句词的时候，却能够非常自然地感受到一种引发人思索的启迪——人生对一切不可或知的事物的向往是无意义的；人生对一切不可挽回的事物的伤感也是徒劳的。与其如此，不如珍惜和把握当下。

王国维在《人间词话》当中指出，晏殊的词特别善于跳出琐碎的尘俗景观，而具有一种非常高旷、深远的气象和境界。所以他说：

> 词以境界为最上。有境界则自成高格，自有名句。五代、北宋之词所以独绝者在此。

而晏殊词中的经典之句“昨夜西风凋碧树，独上高楼，望尽天涯路”，则被王国维先生嘉许，比喻为古今成大事业、大学问者的第一层境界。

我们再回到《浣溪沙》这首小词当中：“无可奈何花落去，似曾相识燕归来”，人生永远也不能避免这个悲剧，那就是我们没有办法阻止光阴的消逝，虽然花谢花飞、红消香断、无可奈何，但毕竟年年岁岁的春天还有燕子衔泥飞回。时光有如指尖流沙，我们虽然抓不住、握不牢，但生命中总有一份轮回的温情与美好，值得期待。

当代诗人席慕蓉有一首小诗《禅意》：

> 生命，原是要不断地受伤和不断地复原。
> 世界，仍然是一个在温柔地等待着我成熟的果园。
> 天这样蓝，
> 树这样绿，
> 生活原来可以这样的安宁和美丽。

宇宙是循环和永恒的，而在晏殊的词当中有一种总体的、通观的、圆融的认识；对待人生的苦难，晏殊总是有自己的解决之道。

这首小词的最后一句是“小园香径独徘徊”。没有激烈的言语，也没有难平的心绪；只是在流连、在思索。词的结尾，有对春天的赏爱，也有淡淡的哀感和伤怀。在余音袅袅的氤氲当中，留给人无尽的遐思……

第七讲

流浪歌手的情人

——柳永《雨霖铃》

上一讲我们提到晏殊，他是个少年神童，又是富贵的宰相，人生可谓志得意满。但是这一讲里的柳永，他的词和他的人生恰恰与晏殊形成了鲜明的对比。

柳永的一生蹭蹬不得志，被人称作风流浪子。他还写了大量俗艳的词，甚至在他和晏殊之间还有这样一段关于雅俗的对话。

宋人张舜民《画墁录》云：

> 柳三变既以词忤仁庙，吏部不放改官。三变不能堪，诣政府。晏公曰："贤俊作曲子么？"三变曰："只如相公，亦作曲子。"公曰："殊虽作曲子，不曾道'彩线慵拈伴伊坐'。"柳遂退。

这段话的意思是说，柳永被官场所摒弃，很不得志。有一天他来见晏殊，跟晏殊有这样一段对话。晏殊就问他："才子啊，你也作曲子吗？”柳永就有一些不服气，他说：“我和你一样也作曲子啊！”但是晏殊随即答道：“虽然作曲子，我却从来不曾写过‘彩线慵拈伴伊坐’这样的词。”柳永一时无语退下。

这一段典故当中所说的“彩线慵拈伴伊坐”指的是柳永的这一首词：

定风波

自春来、惨绿愁红，芳心是事可可。日上花梢，莺穿柳带，犹压香衾卧。暖酥消，腻云亸，终日厌厌倦梳裹。无那！恨薄情一去，音书无个。

早知恁么，悔当初、不把雕鞍锁。向鸡窗，只与蛮笺象管，拘束教吟课。镇相随，莫抛躲，针线闲拈伴伊坐。和我，免使年少光阴虚过。

词的意思是：入春以来，绿叶红花，却仿佛带着愁苦，一寸芳心百无聊赖。太阳上了树梢，黄莺已在枝头鸣叫，可是我还是慵懒地在锦被里不起床。终日心灰意懒，无心梳妆，为什么呢？因为我很无奈。这个薄情郎一去无音讯，要是早知道这样，悔不当初我就应该把他的宝马拴起来，让他留在家里，与笔墨为伍，寸步不离。我呢，也不躲闪，整日里就拿着针线和他相偎相依，厮守做伴；免得我青春虚度，苦苦地等待呀！

这就是非常典型的柳永。在宋初词坛上，他的身份、地位乃至于词风，和上流高雅文坛都有所区别。那么，柳永真的是一个风流浪子吗？应该怎样认识他的词呢？

其实不应该说柳永是一个没有追求的人。柳永字耆卿，福建崇安人。他是宋代工部侍郎柳宜的小儿子。柳永家世非常好，从祖父起家开始，几代人都有科举功名，都做官。而祖父和父亲都以品行操守著称，柳永和两个哥哥也都非常有文采，被称为柳氏三绝。

柳永非常有才华，精通音律，也善于填词，他还创制了很多新的词调。这样的家世，这样的才华，他其实是非常有进取心的，也想博取功名，可惜屡试不中。而且柳永有一个特点，在他的性格当中有一种浪子的基因。因为总也考不中进士，他的心里难免就有一些积愤难平。有一次他又没考中，就写了这样一首词《鹤冲天》：

> 黄金榜上，偶失龙头望。明代暂遗贤，如何向？未遂风云便，争不恣游狂荡？何须论得丧。才子词人，自是白衣卿相。
>
> 烟花巷陌，依约丹青屏障。幸有意中人，堪寻访。且恁偎红倚翠，风流事，平生畅。青春都一饷。忍把浮名，换了浅斟低唱！

柳永还是非常自负的，他说在全国最高等级的科举考试当中，金榜之上，我不小心落榜了，失去了获得状元的机会。看来即使圣贤的时代，君王也会错失贤才。既然我已经失去了好机会，何不随心所欲地玩乐呢？我不需要你们的科考，我做一个风流才子为歌女写词，这样也不亚于一个白衣的公卿将相。我在烟花柳巷当中，还有意中人值得细细地寻访。我和她们相依相偎，尽享生活的乐趣，这就是我平生最大的快乐。青春不过就那么片刻，我宁愿把功名换成手中浅浅的一杯酒和耳畔轻声的吟唱。

柳永就是这样的人——既然总也考不上，我索性就放弃了，我不追求了，行吗？他就这样随性而为，做了流浪歌手的情人。他的词风靡一时，传唱大街小巷。甚至“凡有井水饮处，皆能歌柳词”（叶梦得《避暑录话》）。

但是有一句话说得好，叫作性格决定命运。也正是因为这样的原因，后来又有一次柳永参加科举考试的时候，皇上翻看试卷，一下看到了他的名字，就特别反感，说这不是那个写了“忍把浮名，换了浅斟低唱”的人吗？既然如此，你还参加什么考试呢？于是御笔朱批了四个字——“且去填词”。

这一下柳永更加受到了挫伤和刺激。他本来就很狂傲，从这以后，再填词的时候他竟然索性把自己叫作“奉旨填词柳三变”，因此上流社会对他有了成见。这就是最初他和晏殊之间那段对话的背景。后来柳永蹉跎了很久，终于考上了进士，但是一直都在做很低的官职。

刚才提到，柳永不是没有理想、志向，只可惜全都落空了。但是，就算再放荡不羁的人也不得不面对现实而琐碎的生活。柳永一生都在为生计奔波，为衣食奔走。在他的词当中写到了很多羁旅行役和人生的感慨，《雨霖铃》就是其中的一首代表作。

寒蝉凄切。对长亭晚，骤雨初歇。都门帐饮无绪，留恋处，兰舟催发。执手相看泪眼，竟无语凝噎。念去去、千里烟波，暮霭沉沉楚天阔。

多情自古伤离别，更那堪，冷落清秋节！今宵酒醒何处？杨柳岸、晓风残月。此去经年，应是良辰好景虚设。

便纵有千种风情，更与何人说？

秋后的蝉啊，鸣叫起来是那样凄凉悲苦，面对着长亭夜色深沉，疾风骤雨刚刚停歇。

这首词就是描写他要离开汴京，去各地漂泊的时候，与自己心爱的人难分难舍的痛苦情感。在前几句当中，寒蝉、长亭、骤雨，营造了一个非常凄冷的离别场景。

提到了长亭，想到非常熟悉的一首歌叫作《送别》：

长亭外，古道边，芳草碧连天。

晚风拂柳笛声残，夕阳山外山。

…………

天之涯，地之角，知交半零落。

一壶浊酒尽余欢，今宵别梦寒。

果然是"一壶浊酒尽余欢，今宵别梦寒"，柳永接着就写到了"都门帐饮无绪，留恋处，兰舟催发"。本来在京都城外设帐饯别，可是毫无饮酒的情绪。而正在依依惜别、恋恋难舍的时候，船上的人已经催着出发了。

古往今来，生离和死别是最让人为之肝肠寸断的，因此江淹的《别赋》当中有一句非常经典的话："黯然销魂者，唯别而已矣。"

此时两个人双手紧握，四目相对，泪眼婆娑。纵然有千言万语，却如鲠在喉，一句话也说不出来。"执手相看泪眼，竟无语凝

噎”，这十一个字把离别时候难分难舍的感情活生生地描画出来，仿佛如见其人，如闻其声。

“念去去、千里烟波，暮霭沉沉楚天阔”，想到你这一去南方，一程又一程，千里迢迢，一片烟波。暮霭沉沉的楚地天空，犹如阴郁的心绪，一望无边。一个“念”字，引领了下面很长的几个句子，一直延伸到下一阕，而这也正是柳词的一个特色。在词的发展史上，柳永特别善于创作长调，也有擅长铺叙的特点，这都是他作为词史当中一个有贡献的人物的特色和优点。

“多情自古伤离别，更那堪，冷落清秋节！今宵酒醒何处？杨柳岸、晓风残月。”自古以来多情的人最伤心的就是离别，更何况是在这草木凋零、萧瑟冷落的秋季呢？谁知道我今夜酒醒的时候身在何处？恐怕身边只有杨柳岸边寒冷的晨风和黎明的残月。

离别似乎总是和酒、柳、月、江联系在一起。白居易的《琵琶行》当中有这样的句子：“醉不成欢惨将别，别时茫茫江浸月”。范仲淹《苏幕遮》中也写道：“酒入愁肠，化作相思泪。”李白《忆秦娥》更是如此：

> 箫声咽，秦娥梦断秦楼月。秦楼月，年年柳色，霸陵伤别。

在伤心离别的人眼中，一切都是触目断肠，一切都是触景生情。

“此去经年，应是良辰好景虚设。便纵有千种风情，更与何人说？”这一去，常年的分别，你不在身边，再有何等的美好景致，对我来说都形同虚设。纵有千万种柔情蜜意，我又向谁去诉说呢？

前段时间有一首特别流行的诗，叫作《我想和你虚度时光》：

我想和你虚度时光，
比如低头看鱼，
比如把茶杯留在桌子上
离开，
浪费它们好看的阴影。
我还想连落日一起浪费，
比如散步，
一直消磨到星光满天。

所有美好的一切，只和自己倾心的人、爱慕的人，才愿意去做，去消磨这时光，才觉得有意义，否则纵然良辰好景，又有何价值？

柳永的这首《雨霖铃》曾被誉为“宋金十大名曲”之一。尤其是其中的经典句子“杨柳岸、晓风残月”历来传诵不衰，因此后来就有一个故事。据南宋俞文豹《吹剑录》中载：

东坡在玉堂日，有幕士善歌，因问：“我词何如柳七？”对曰：“柳郎中词，只合十七八女郎，执红牙板，歌‘杨柳岸、晓风残月’；学士词，须关西大汉，铜琵琶，铁绰板，唱‘大江东去’。”东坡为之绝倒。

苏轼有一次问别人：“你们看我的词和柳永的词相比怎么

样？”有人回答：“柳永的词应该是一个十七八的女孩拿着红牙板，轻柔地唱‘杨柳岸、晓风残月’。您的词应该是一个关西大汉，拿着铜琵琶、铁绰板，唱‘大江东去’。”苏东坡当时笑得腰都直不起来了。

因为这样的一个典故，也因为众人对柳永的词有比较固定的看法，因此有“豪苏腻柳”之说，认为柳永的词过于俗艳，苏柳两个人词风有根本不同。但实际上苏轼曾经给予柳永词以很高的评价，说他的词“不减唐人高处”。

> 东坡云：世言柳耆卿曲俗，非也。如《八声甘州》云：“霜风凄紧，关河冷落，残照当楼。”此语于诗句，不减唐人高处。
>
> ——赵令畤《侯鲭录》卷七

大意是，苏轼说世上的人都说柳永的词写得俗艳，但是这并不是柳永的词真正的特色，像他的《八声甘州》当中的句子，丝毫不逊色于唐人的高妙。

“唐人高处”，指的是什么呢？

李白曾挥笔写道：“山随平野尽，江入大荒流。月下飞天镜，云生结海楼。”

杜甫即使是写悲慨的情绪，也是“风急天高猿啸哀，渚清沙白鸟飞回。无边落木萧萧下，不尽长江滚滚来”。

孟浩然即使想要有人来识得他的才华，也能写下“八月湖水平，涵虚混太清。气蒸云梦泽，波撼岳阳城”这样气势浩大的句子。

“唐人高处”就是指盛唐气象：开阔博大、兴象玲珑。而苏轼这段话的意思是：柳永的词绝不只是俗艳和浅薄，他最难能可贵的是从平俗入笔，而至结尾处忽然振起一跃，竟然有一种“俱怀逸兴壮思飞，欲上青天览明月”的气度，写出了非常高远的境界，这正是他的成就和优长之一。

柳永还有一首经典之作《蝶恋花》，也叫《凤栖梧》：

伫倚危楼风细细。望极春愁，黯黯生天际。草色烟光残照里，无言谁会凭阑意。

拟把疏狂图一醉，对酒当歌，强乐还无味。衣带渐宽终不悔，为伊消得人憔悴。

虽然这只是一首相思离别之作，但含蓄委婉，历来被人所称道，甚至王国维先生将之称为古今大事业、大成就者的第二个境界。

说实话，小令其实是很难写的，在有限的字数当中，却能展现沉重之魄、清劲之气、奇丽之情、挥棹之声；在有限的天地当中表现无限的内容，给人以不尽的遐思，绝非易事。而柳永则轻而易举地做到了，不难看出他非凡的才情、高深的造诣。

第八讲

笑傲江湖一狂客

——苏轼《念奴娇》

讲宋词，绝不是简单地讲词人的生平，讲作品的内容。因为文字虽然是没有生命的，但是在字字句句的背后，却有着多少鲜活的灵魂。而当我们透过这薄薄的纸页，又能够看到多少活色生香、起伏跌宕的人生。

“我注古人，古人注我”，一千个读者心中有一千个哈姆雷特，每一首词的解读不只展示了词人所特有的气质和性格，当然在解读他们的时候也加入了我们自己独有的体验和感悟。的确，我们是在讲宋词，但是，也是在讲你、讲我、讲他，在讲我们自己，在讲千古以来的人心、人性和人情。

上一讲我们谈到了柳永，他是一个大才子，但是他的人生很不顺利，而且他在这个不顺利当中表现得并不好。有很多人都遭遇过人生的不幸，但是他们对待不幸的反应却并不一样。有一句话叫作“输赢有时尽，姿态要好看。成败不足言，转身要优雅”。说实话，柳永的一生就是有一点儿输不起的样子，遭遇了一些挫折，就有点儿破罐子破摔了。这一讲我们来看一位姿态好看、转身优雅的人物。

这个人物也是我最喜欢的文人之一，他就是苏轼。其实提到苏轼，不只是我一个人的所爱，很多人都喜欢他。他甚至已经远远超出了一个词人的意义，而成为一种文化符号。他的执着、乐观、旷达、洒脱已经深深地印在了人们心中，苏轼好像永远都是那么机智、幽默、风流、天然。可是在这里我们分享的第一个话题却是——“我被聪明误一生”。

苏轼写过一首小诗叫作《洗儿》：

人皆养子望聪明，我被聪明误一生。
惟愿孩儿愚且鲁，无灾无难到公卿。

这首诗颇有一点戏谑和自嘲的味道：人家都盼孩子聪明，可是我自己的例子就是这样，被聪明耽误了一生。所以孩子呀，我希望你倒是有一点儿愚和鲁，才可以无灾无难地一直做到公卿将相。苏轼是怎样被聪明误了一生呢?

苏轼（1037—1101），字子瞻，号铁冠道人、东坡居士，眉州眉山（今四川眉山）人。苏轼可以说是聪明绝顶的一个人物，文章辞赋众人仰慕、成就斐然；可是他的人生却极为坎坷，甚至可以说是九死一生。当年苏洵、苏轼、苏辙“三苏”父子从四川眉山出来，一到京城，顿时引起大家的关注，父子三人都学富五车、才高八斗，尤其是年轻的苏轼显露出了过人的天赋。当时的文坛盟主欧阳修对他给予非常高的评价，而且公开表示他将是衣钵继承人。

但苏轼的命运真的是不太好。他刚刚在京城开始名扬四方、大展拳脚的时候，忽然母亲去世了。按照那个时候的礼仪要回乡守孝三年，这三年当中什么也不能做，也不能出来读书和做官。三年过后，苏轼再次回到了京城。此前他已经考中了进士，这时再一次中了进士当中的最高等，即将平步青云的时候，却再次传来了噩耗，父亲去世，于是苏轼又回乡守孝三年。

这左三年右三年，苏轼的人生中最年轻、最有才华的时间已经屡受蹉跎了，他再回到朝廷时正赶上王安石变法。一方面，当时苏轼才高放旷，有点儿恃才自傲，的确不太把人放在眼里；另一方面，苏轼对自己也有非常清醒的认识，他很少苟合于任何一方。熙宁四年（1071年），苏轼上书说新法在执行过程中有很多弊病。这个上书激怒了王安石，也受到了新法一派的打压和排挤，于是苏轼就此开始了不断贬谪的生涯。他先是被贬到杭州做通判，然后接着又被贬到密州，后来又被贬到徐州，再后来又被贬到湖州。

在元丰二年（1079年），苏轼四十三岁的时候，他到了湖州的贬所，按照规矩给皇上写了一封谢表，也就是还要感恩皇上对他的照应。可是没想到这篇例行公事的谢表，苏轼只不过在其中表达了一点真实的个人感慨，竟然被政敌再一次作为攻击的把柄。政敌们从当中摘抄出来了一些句子，认为其中隐含着讥讽之意，对皇上有非常不好的影射。于是苏轼大难临头，被押到了京师，送进御史台下狱。当时御史台外面阴气森森，树枝上满是乌鸦，称作“乌台”，这一桩案子被称作“乌台诗案”。在这个“乌台诗案”中，可以说苏轼几乎触到了人生的谷底，当时他以为自己肯定命不长久了，于是和他的弟弟非常沉痛地告别。

他曾经告诉陪伴他的儿子，说如果有一天你要真的知道我即将被送上刑场问斩的时候，你就给我送鱼吃，我就明白大限将近了。可是有一天他儿子病了，委托自己的朋友去送饭，朋友特意给苏轼送了鱼，没想到这一下真的把苏轼惊吓得不轻，以为自己就要上黄泉路了。幸好当时神宗还没有完全昏聩，而已经下野的王安石非常及时客观地说了一句："安有盛世而杀才士者乎？"苏轼才免除一死。

虽然保了一条命，但苏轼被贬到了黄州做团练副使，不得签署公事。1085年的时候，宋哲宗继位，高太后临朝，司马光被重新起用为相，旧党上台，开始打压新党，又把苏轼召回朝重用。可苏轼就是这样的一个人，他不站在任何一边，他在朝中看到旧党也有种种不足，于是再次提出批评和建议，又引起了保守派的不满。

苏轼继续被贬到惠州，最后竟然在六十二岁高龄时被贬到海南儋州。在整个宋朝，被贬海南几乎只是比满门抄斩轻一等的罪行。

他曾经自嘲"我被聪明误一生"。苏轼的一生真的太坎坷、太不顺利，可是我们究竟应该怎样认识他呢？现在我们来谈第二个话题——"天容海色本澄清"。

这是苏轼在被贬海南途中写的一首诗中的句子："云散月明谁点缀，天容海色本澄清。"（《六月二十日夜渡海》）这就是苏轼经历人生苦难之后的态度，这就是他的人生底色。

一切的苦难都不在我心中，苦难过去了，就跟风雨过去了一样。"云散月明""天容海色"，我还是那样皎洁，还是那样清澈，我不需要谁来点缀，不需要谁来了解，也不需要谁来赞美。

苏轼就是这样的人，他被贬到那么多地方，但是他每到一处，没有工夫哀伤叹惋，而是马上就开始干正事、干好事、干实事：虽然我被贬了，但是我能做什么就做什么。比如他最初被调任密州，救过旱灾；被调任徐州的时候，救过黄河的水灾。他不管到哪里都是因法便民、革新除弊。他到杭州、颍州，疏浚西湖，修建苏堤；他到惠州的时候，又修造桥梁；甚至一直到海南儋州的时候，他还把这里当作第二故乡，兴建学校，振兴教育。

当时的儋州地处偏远，没有什么文化，他在这里兴办学堂。此前多少年都没有人及第，苏轼来了之后不久就有人中了乡贡，大家推崇他是儋州文化的开拓者。总是有这样一种人，人生未必全输，但是自己已经输了；也总是有这样一种人，看似被打倒，却永远是打不倒的。

苏轼即便在被贬的途中，仍然有那么多意兴飞扬、壮怀激烈的作品。比如他在任职密州的时候，写过一首非常著名的《江城子·密州出猎》。

老夫聊发少年狂，左牵黄，右擎苍，锦帽貂裘，千骑卷平冈。为报倾城随太守，亲射虎，看孙郎。

酒酣胸胆尚开张，鬓微霜，又何妨。持节云中，何日遣冯唐？会挽雕弓如满月，西北望，射天狼。

在这样的词句当中，能看到一点点政途失意，看到一点点没落和颓丧吗？《念奴娇·赤壁怀古》也是写在他九死一生的贬途当中，在黄州时写的：

大江东去，浪淘尽，千古风流人物。故垒西边，人道是、三国周郎赤壁。乱石崩云，惊涛裂岸，卷起千堆雪。江山如画，一时多少豪杰！

遥想公瑾当年，小乔初嫁了，雄姿英发。羽扇纶巾，谈笑间、樯橹灰飞烟灭。故国神游，多情应笑我，早生华发。人生如梦，一樽还酹江月。

如此多的坎坷，如此多的不幸，一直被贬到了黄州。这么多的忧患和悲慨，可是在他的笔下却出奇地开阔、博大、超脱、旷达，把一个小小的我的得失、兴衰、荣辱都化在了历史的滔滔长河当中，古往今来有多少兴衰成败都被大浪淘尽了呢？

这就是苏轼，在他的生命当中总是有一种历史的通观和达观。“故垒西边，人道是、三国周郎赤壁”，我来到黄州，传说这就是当年三国争霸、周郎创建功业的赤壁。在这场传奇性的战役当中，周瑜三十四岁，诸葛亮二十八岁，曹操五十四岁。周郎是当年对周瑜的昵称，这样的一个青年将领，却创建了无边的功业。

“乱石崩云，惊涛裂岸，卷起千堆雪。江山如画，一时多少豪杰！”这几句话，穿越古今，气势飞扬。文学就是人学，读不同的词如见不同的人。有的人的生命是上扬的，所有和他接近的人都能体会到一种提升、一种引领的美；而有的人的生命却是下沉的，所有与他接近的人，都能体会一种压抑、一种沉重的累。

因此，胡寅在《酒边词序》中有一句评价，他说：

及眉山苏氏，一洗绮罗香泽之态，摆脱绸缪宛转之度，使人登高望远，举首高歌，而逸怀浩气，超然乎尘垢之外。

苏轼也有一句词，是在回想起自己的老师欧阳修时写的，叫作“一点浩然气，千里快哉风”，他自己又何尝不是这样的一种风神和气骨！

《念奴娇·赤壁怀古》下一阕：“遥想公瑾当年，小乔初嫁了，雄姿英发。羽扇纶巾，谈笑间、樯橹灰飞烟灭。”英气勃发的青年将领刚刚娶了风华绝代的佳人小乔。英雄美人，相映生辉，一时传为佳话。这位儒将气定神闲、指挥若定，运筹帷幄之中，决胜千里之外。仿佛不费吹灰之力，一场大战便已尘埃落定。这几句笔力风流俊朗，写得简直潇洒极了。

“故国神游，多情应笑我，早生华发。”现在我来到三国故地，如果我心中倾慕的周郎神灵有知，如果他也来到这里的话，一定会笑我。他少年英雄，功成名就，可是我现在华发早生，功业难成。苏轼此时难免有一些自嘲，也有一些悲慨，但是却并没有沉沦。“人生如梦，一樽还酹江月”，无论怎样的成功和失败都会被大浪淘尽，那就让我拿起这一杯酒，洒在江心，献给这一轮永恒的明月。

苏轼就是这样的一个人，在悲慨当中，有超脱，有高远，有旷达。对于自己的苦难，苏轼是超然的。但是对于国家和人民的钟爱之情，苏轼是执着的：如果你召我回朝廷去，我该说什么就说什么，正直耿介；如果你贬我到民间来，我该做什么就做什么，心底无私。

他曾经在给朋友的信里面写道：

吾侪虽老且穷，而道理贯心肝，忠义填骨髓，直须谈笑于死生之际。

——《与李公择书》

这就是中国古人的修养。苏轼说，我们这些人读了圣贤之书，知道了杀身成仁、舍生取义的道理，我们应该怎么做呢？吾等虽然老、虽然穷，但不管生命中遭遇什么样的挫折和苦难，我们所学的这种道理是永远贯彻在内心之中的，我们对于生命的持守是永远充满在骨髓之内的，所以就算是在忧患之间，也只需谈笑于死生之际。

苏轼虽然在人生上、在仕途上都落败了，但是他并没有落空。人生坎坷，但是绝不消极颓废，而是有志趣，有积极的态度，有持守的修养。苏轼的一生，是一个自我完成的一生，而这，是一种无待于外的完成。

第九讲

你可知我牵念你

——苏轼《水调歌头》

我们在讲解宋词和词人的时候，多次提到过“用情”，提到不同的人有不同的用情的态度。讲苏轼，还要提到这个词——“用情”。“用情”并非指狭隘的男女之情。人活一世，亲情、友情、爱情、对天地万物的博爱之情皆为情。一个人要有理性操持，还要有温柔情怀，才可以算是刚柔并济、情义并重的人生。

苏轼就是这样的一个人，我们来看一看围绕在他身边的各种情。先来谈一下亲情。在一个人的亲情当中，父母双亲、兄弟手足、子女都是难以割舍的。苏轼之所以一生能够坚守正道，能够执着而又超拔，和他有一位非常伟大的母亲分不开。在苏轼小时候，他母亲就教导他认真读书，而且对他要求非常严格。

有一则故事，说苏轼幼时在读《后汉书·范滂传》的时候非常感慨。范滂是东汉时期一个著名的士人，他因为坚守正道，和宦官做坚决的斗争，最后被告发，被逮捕送上了刑场。范滂临刑之前跟母亲告别，他说：“儿子不孝啊，不能忠孝两全。”他的母亲说：

“你此去是赴大义，我还有什么可遗憾的呢。”苏轼读到这里时心潮澎湃，他问母亲：“如果有一天我也要像范滂一样舍生取义、杀身成仁的时候，您怎么办呢？”苏轼的母亲当即回答：“如果你能做范滂，我就能做范滂的母亲。”

这个小小的少年时期的往事足以说明，苏轼一生当中“忠义填骨髓，直须谈笑于死生之际”的人生态度和母亲的教育是分不开的。讲欧阳修的时候，我们曾经提到过“欧母画荻”，很多伟大的人物都有伟大的母亲，对于传统文化的教育来说，母亲的影响是至关重要的。

在苏轼对待子女的态度上，我们也能感觉到他充满了慈父的爱心。上一讲提到过苏轼的一首《洗儿》诗，当中不乏幽默和调侃，但也能够感到他对孩子的希望，还有他偶尔对现实一种无奈的自嘲。苏轼一生不断被贬谪，甚至在被贬途中小儿子不幸夭折，他一度痛不欲生，向朝廷请求在常州待一段时间，抚平内心的创痛。

苏轼和自己的兄弟之间感情也特别深厚。古人讲“孝悌”之义，这个“悌”就是兄弟之间的长幼有序、辞让有节。苏轼的《水调歌头》，就是他在中秋之夜想念自己弟弟的一首经典名作。

> 明月几时有？把酒问青天。不知天上宫阙，今夕是何年。我欲乘风归去，又恐琼楼玉宇，高处不胜寒。起舞弄清影，何似在人间！
>
> 转朱阁，低绮户，照无眠。不应有恨，何事长向别时圆？人有悲欢离合，月有阴晴圆缺，此事古难全。但愿人长久，千里共婵娟。

这首词是1076年，也就是宋神宗熙宁九年中秋的时候，苏轼在密州所作。苏轼一路被贬，在密州曾经做过太守，这个时候他和他的弟弟苏辙已经七年没有见了。中秋之夜，热闹非凡，欢歌宴饮一直到天亮。而在如此快乐的节日，苏轼却彻夜未眠，想起了自己的手足兄弟、一奶同胞。

丙辰中秋，欢饮达旦，大醉，作此篇。兼怀子由。

这一段小序能够说明作这首词的前提和背景。我们现在逐字逐句地来感受一下这首词内在的情怀，这种情怀当中有对天人的发问，有对命运的考量，有对亲情的眷恋，有对人生的哲思，有一些怅惘，有一些无奈，还有飞扬和超拔。

“明月几时有？把酒问青天。不知天上宫阙，今夕是何年？”在古典诗词中，我们曾经见过了多少月亮呢？张若虚的“江畔何人初见月？江月何年初照人？”张九龄的“海上生明月，天涯共此时”，李白的“峨眉山月半轮秋，影入平羌江水流”，张继的“月落乌啼霜满天，江枫渔火对愁眠”……

古往今来，月亮寄予了多少清澈、皎洁的情怀和思念，又寄托了多少漂泊的人生？苏轼说，在这个月圆之夜，我把酒问天，我不要感慨人的一生有几何，不要慨叹“譬如朝露，去日苦多”，我只想知道天上的月宫，宫里的嫦娥也在过节吗？也在团圆吗？也在欢聚吗？李商隐说“嫦娥应悔偷灵药，碧海青天夜夜心”，人生真的很累，人真的很难。我有的时候也想索性随风而去，抛掷一切，身心自在。可是又恐怕琼楼玉宇、雕梁画栋，虽然美丽却冰冷，没有温度，没有情感——我不能放弃这人世间的有情有爱的一切呀！

“转朱阁，低绮户，照无眠。不应有恨，何事长向别时圆？”张若虚曾经写道：“可怜楼上月徘徊，应照离人妆镜台。玉户帘中卷不去，捣衣砧上拂还来。”月色总是这样撩人，总是让人情丝百转、柔肠寸结；剪不断、理还乱，才下眉头，却上心头。苏轼亦感叹：这一轮圆月让我今夜无眠，我不要再有遗憾了，人生哪有圆满呢？

“人有悲欢离合，月有阴晴圆缺，此事古难全。”老子说过“大成若缺”，缺憾才是真实的人生。虽然如此，虽然人生难得圆满，虽然亲人难得相见，但是我还想要“但愿人长久，千里共婵娟”。

即便无法见面，即便无法真实地触碰你的温暖，但这世间真正的爱，绝不是占有。我只希望你们都能好好的，都能长长久久的，哪怕只有每年的月亮，能远隔千里地照在我们身上，也好。

讲了一段苏轼的亲情，我们再来讲一讲苏轼的爱情。这样一个风流倜傥的大才子，他的爱情世界是什么样的呢？我们在古典诗词当中曾经看到过李商隐的此情追忆，看到过元稹的曾经沧海，看到过温庭筠的软香温玉，也看到过柳永的无语凝噎。我想绝大多数人都熟知苏轼也有一首爱情词，但是这却是一首悼亡词。

江城子·乙卯正月二十日夜记梦

十年生死两茫茫。不思量，自难忘。千里孤坟，无处话凄凉。纵使相逢应不识，尘满面，鬓如霜。

夜来幽梦忽还乡，小轩窗，正梳妆。相顾无言，惟有泪千行。料得年年肠断处：明月夜，短松冈。

这就是苏轼的爱情，真挚深切、荡气回肠。这是苏轼写给自己去世多年的妻子的。苏轼十九岁的时候与年方十六的王弗结婚，王弗年轻美貌，而且对老人特别有孝心，两个人恩爱情深。只可惜天妒美满，王弗二十七岁去世了，她的离开对苏轼是一个极大的打击，苏轼如重锤击胸、无比痛苦。

“问世间情为何物，直教人生死相许。”《牡丹亭》当中的杜丽娘一见柳梦梅便坠入了无边情海，这种情爱竟使得生可以死，死可以生，惊艳而短暂，像璀璨的烟花，但是烟花易冷，好梦易醒。经典电影《第六感生死恋》中，也描绘了这世间的一种感情，生不能死，死也不可以生，但是却可以穿越生死，永远相伴相陪，不思量，却不能忘。

在《江城子》这首词中，苏轼深情而低回地写道，还记得你当年梳妆时的姣美容貌，“妆罢低声问夫婿，画眉深浅入时无”。可是现在，如果我们再碰面的话，应该是风尘满面、两鬓如霜，我们还能相识吗？你在另外的一个世界还好吗？孤坟一片，明月做伴，你还凄凉吗？有人写“执手相看泪眼，竟无语凝噎”，那是小儿女的情怀。而今天，你我生死两隔，忽然梦中相见，却是相顾无言、泪洒千行。你就这样狠心弃我而去，留下我一个人在这世间辗转漂泊，你可知我年年肠断，岁岁情伤。

“无情未必真豪杰，怜子如何不丈夫”。苏轼是一个大丈夫，也是一个有情的人。他用情深挚，用情执着，他的深情也换来了同样的深情。王弗去世之后，有一位侍妾叫作朝云，始终跟随着他，陪伴左右，不离不弃。有一个小小的故事足以说明两个人之间的情感。一次家人欢聚宴饮，喝得酒酣耳热之时，苏轼心情很好，就拍着自己的肚皮问家人："你们猜猜这里面都是什么呢？"家人们尊重爱戴苏轼，就说您这个肚子里面都是文章、都是道德。可是只有朝云捂着嘴笑着说："你这是一肚皮的不合时宜呀！"苏轼听了朝云的话哈哈大笑，说："只有朝云最了解我。"

的确，苏轼这一生只坚持自己心中认为对的事情。他不苟合于任何一方，不管是新党还是旧党，不管对方的位高权重或者和自己的关系远近。所以苏轼一生也因此遭遇了多少坎坷、多少波折！朝云的一句调侃的玩笑，包含着多少无奈、多少怜惜，又有多少心疼啊！

只有真正懂得人生的人才更懂得用情，这种用情不只爱自己的亲人，也会"老吾老，以及人之老；幼吾幼，以及人之幼"，爱天下所有的苍生和灵魂。生命是无常的，但是人间确实是有爱的。东坡的情感世界，用一句话来说，就是"我心柔软，却有力量"。

苏轼在生活当中，除了是一个感情非常丰富的人之外，还是一个非常幽默和可爱的人。有一道名菜就是因为苏轼而得名，叫作"东坡肉"，做得鲜香酥软，充满了浓郁的生活气息。苏轼还非常喜欢饮酒品茶、游赏山林、会晤朋友，他的生活总是那样充满了乐趣，总是那样轻快而洒脱，我们在他的身上丝毫看不出来生活的重压和岁月的蹉跎。

既执着于人生而又能超然物外，一个懂得人生的人才会更加可爱。而就是那么一点点可爱、一点点诙谐、一点点幽默，才能够举重若轻，化解人生的悲苦与无奈。这就是苏轼的人生，就是苏轼所带给我们的生活的艺术。

第十讲

我猜不到这结局

——秦观《踏莎行》

在民间传说当中，有一个故事叫作苏小妹三难新郎。据说苏轼有一个非常美丽而又才华横溢的小妹，到了出嫁的年龄，前来求亲的青年才俊们趋之若鹜，于是苏小妹的父亲决定比文招亲，看看哪位才子的文章学问好，让小妹自己来选择。当苏小妹看到秦观的文章时芳心大悦，选择了这位才子。而当才子佳人拜堂成亲的新婚之夜，才貌双全的苏小妹又设了三道难题来为难新郎，幸亏兄长苏东坡暗中相助，才算让秦观顺利过关，入了洞房。如果按照这个民间传说，北宋词人秦观应该是苏轼的妹夫。但是现有的史料记载中，苏轼并没有妹妹，只有三个姐姐。

但苏轼和秦观两个人关系的确很好。秦观是个大才子，也是苏轼的学生，他在当时就已经和黄庭坚、张耒、晁补之四个人合称“苏门四学士”，再加上陈师道和李廌又合称“苏门六君子”。

秦观（1049—1100）字太虚，后来改名叫少游，所以大家也常常叫他秦少游，江苏高邮人，而且也是宋代婉约词派的代表。

按照年龄来说，秦观比苏轼小了一轮，十二岁，他是苏轼的得意门生。但他是婉约派的代表，而苏轼是豪放派的代表，秦观的风格和自己的老师迥然不同。秦观似乎更加文艺、更加柔婉、更加伤感，在他的词中总是浸润着伤心的泪水、揪心的愁恨。我们来看一首他写过的《江城子》：

西城杨柳弄春柔，动离忧，泪难收。犹记多情曾为系归舟。碧野朱桥当日事，人不见，水空流。

韶华不为少年留。恨悠悠，几时休？飞絮落花时候一登楼。便作春江都是泪，流不尽，许多愁。

大家还记得苏轼也写过几首《江城子》：豪放的“老夫聊发少年狂，左牵黄，右擎苍”，或者是深沉的“十年生死两茫茫，不思量，自难忘”。但是苏轼从来没有一首《江城子》像秦观这首词给人的感觉。这些如江海般沉重的愁恨都是词人历尽了人生坎坷后，从心底流出来的。所以有一位词评家冯煦在《蒿庵论词》中说道：

淮海（秦观）、小山（晏几道），古之伤心人也。其淡语皆有味，浅语皆有致。

其实秦观少年时，豪俊帅气、洒脱不羁、胸怀壮志。他努力攻读诗书，崇拜像郭子仪这样平定安史之乱的大英雄，准备驰骋边疆，建立不朽的功业。在这一点上他似乎也和苏轼的豪情很像，但秦观的豪情壮志禁不起现实的打磨和冲击。他是苏轼的学生和挚友，当苏轼读了他早年写的谈论政治和军事的策论时，非常欣赏，称他有“屈（原）宋（玉）之才”。可是后来秦少游只因为一次科考落地就颓废了，闭门在家生了一场大病，几乎死去，苏轼曾多次劝说鼓励他。

讲到这，我们要多花费一些笔墨谈一谈苏轼、王安石和秦观之间的关系。1071年苏轼上书谈论新法的弊病，激怒了王安石。因为与王安石政见不合，反对新法，所以苏轼自请外任，请求到京外去做官。1074年初为杭州通判，接着调任密州知州，然后又调任徐州知州。当苏轼在徐州任上的时候，秦观去看望了他，拜在苏轼门下，表达了自己的倾慕之情。而在苏轼外任期间，朝廷中有很大变动，变法派内部的斗争也非常激烈。由于当年旱灾，随后还有政敌诬告王安石变法害民，王安石因此罢相，次年又再次复相。1076年变法派内部再次发生纷争，反对新法的呼声日益高涨，这个时候恰恰又赶上王安石的爱子三十三岁早逝。所以王安石心灰意冷，再次罢相回到江宁。

1079年，苏轼四十三岁，遭遇到他一生中最严重的政敌诬陷——乌台诗案，差一点要了命。新党的其他成员几乎都想置苏轼于死地，而此时已经退休在家的王安石，在最关键的时刻给神宗写了一封信，说：“盛世怎么能杀英才呢？”就是这最关键的一句话，救了苏轼一命。王安石在生死关头为他求情，这种为人高洁、正直，爱惜人才的品质，也得到了苏轼的敬佩。而苏轼在外放期间，辗转任地方官员的时候，也亲眼见到了新法有利于百姓的地方，对于王安石和新法有了更加成熟的认识，也更加谦虚并尊敬王安石，淡化了政治上的敌对看法。1084年苏轼再次被贬谪汝州，此时他的幼儿夭折，满心创痛的苏轼路过江宁时，去看望了这位多年的老朋友，也是当年的政敌——王安石。

每当看到这一段史事的时候，我都心生感慨。两个人那种高风亮节，那种大格局和大境界，那种内举不避亲、外举不避嫌，从不纠缠于琐碎小事的境界和心胸令人钦佩。其实当年苏轼才高八斗、年轻气盛，王安石位高权重、声名在外，两个人都争强好胜。但是在此时，历经多年政治的风雨，经过了人生的坎坷和飘零，两个人都先后失去了最心爱的儿子。再次相见时，两位当年的老朋友尽释前嫌，相逢一笑泯恩仇。

王安石听说苏轼来访，穿着便服骑着毛驴赶到江边，而苏轼还没有来得及换上礼服迎接，连声说“失礼”。王安石哈哈大笑说：“礼节难道是为了我们这样的人准备的吗？”两个人同游蒋山，诗酒唱和，谈禅说佛，在一起度过了非常快乐的时光。苏轼把王安石比作是近代潇洒出尘的王羲之，王安石则诚挚邀请他到南京买田做邻居，苏轼非常感动。三十多天的时间里，两个人朝夕相处，洒脱至此，知音难得，最后依依惜别。王安石感叹道：“不知还要几百年才会有这样的人才！”

正是在这次苏轼和王安石多年之后的邂逅交往和深入交谈中，他们不只谈到了国家大事，也谈到了举荐贤才。苏轼倾其全力向王安石推荐秦观。在目前所存留下来的《苏轼全集》当中收录了他写给王安石的两封信，其中有一封信特别长，主题只有一个，就是推荐秦观这位才子。苏轼表扬秦观“行义修饬，才敏过人，有志于忠义”“博综史传，通晓佛书，讲习医药，明练法律”。

他深深地知道王安石影响力极大，只要他在公开场合说几句，世人就会看重秦观的才华和品德，所以苏轼说“愿公少借齿牙，使增重于世”。果然王安石此后赞美秦观的诗词清新有“鲍（照）谢（灵运）之志”，使得秦观迅速声名鹊起。

叙述秦观的生平时，插入了一段苏轼和王安石的往事。我们不得不对这两个大人物肃然起敬。他们尽管政见不合，但是从来没有成为真正意义上的宿敌，他们都是以平静而高远的心态、正直和坦荡的心胸来对待彼此，互相钦佩赏识，最后成为知音。也正是在这两位前辈的夸赞、鼓励和举荐之下，秦观又下决心再度入京赶考。1085年，他考中了进士。此时秦观三十七岁，而就在这一年宋哲宗即位，高太后临朝，旧党上台，王安石再度被打压。1087年苏轼推荐秦观做太学博士，后来做了秘书省正字又兼国史院编修。1091年苏轼还朝，陆续做了翰林学士和礼部尚书。正是这个时候，秦观和其他几名学生围绕在苏轼身边。“苏门四学士”“苏门六君子”师友相从，度过了一段快乐的日子。1094年哲宗亲政，新党再度上台，旧党被打压。而此时苏轼经过在外地任官，对于当时现实和民间情况有一定程度的真实认知，他也并不完全赞同旧党，因此又遭到了贬谪。秦观受到苏轼的牵连，也一同被贬谪，先后到了杭州、处州，到湖南郴州的时候，被罗织罪名削去了所有的官爵和俸禄，又接着被贬到了广西横州和广东雷州。

同样是一贬再贬，秦观的老师苏轼如何对待？他有一首词《定风波》：

莫听穿林打叶声，何妨吟啸且徐行。竹杖芒鞋轻胜马，谁怕？一蓑烟雨任平生。

料峭春风吹酒醒，微冷，山头斜照却相迎。回首向来萧瑟处，归去，也无风雨也无晴。

苏轼写得如此通透洒脱的词，却刚刚处于他九死一生的乌台诗案之后，与死神擦肩而过又被贬到了黄州。在这首词当中苏轼说，不用注意那穿林打叶的雨声，不妨一边吟咏长啸一边悠然前行，竹杖草鞋轻捷得胜过骑马，还有什么可怕的？我这一身蓑衣任凭风吹雨打照样度过了一生。春风微凉，将我的酒意吹醒。寒意初上山头，斜阳及时相迎。回头望一眼走过来的坎坷之路。回去吧！对我来说既无所谓风雨，也无所谓天晴。

秦观跟着自己的老师学了很多东西，但真正骨子里的东西是先天的禀赋，学不来的。所谓性格决定命运，秦观对人生的期望值过高了，而他的心理承受力又特别脆弱，对人生很多挫折和苦难缺乏足够的心理准备。所以一旦理想失败而又遭到政敌的排挤、打压、诬陷、攻击的时候，他的心里就异常失望和痛苦。这首《踏莎行》就是他在郴州时写的：

雾失楼台，月迷津渡，桃源望断无寻处。可堪孤馆闭春寒，杜鹃声里斜阳暮。

驿寄梅花，鱼传尺素，砌成此恨无重数。郴江幸自绕郴山，为谁流下潇湘去？

雾迷花，楼台依稀难辨；月朦胧，渡口隐匿不见。望尽天涯，理想中的桃花源又在哪里呢？这种雾失楼台和月迷津渡，可能是现实的场景，越是阴暗、忧郁的天气越容易引发人低落的心情。同时也很可能是一种暗喻，“楼台”是为了高升的，“津渡”是为了让人到达对岸的。而有了雾和月的阻隔，这一切都不可能达到了。桃源是陶渊明心中避乱的圣地，也是词人心中的理想王国，而此时虽然望眼欲穿，却是遥不可及。

“可堪孤馆闭春寒，杜鹃声里斜阳暮”，我怎么能忍受得了独居在这孤寂的客馆里？春寒料峭，夕阳西下，杜鹃声声哀鸣。杜鹃啼血，本来就是一个异常凄凉哀婉的传说，它啼鸣的声音特别像“不如归去，不如归去”。王国维评价“少游词境最为凄婉，至‘可堪孤馆闭春寒，杜鹃声里斜阳暮’，则变而为凄厉矣”（《人间词话》）。

本来秦观的词有很多是温暖的、轻柔的、唯美的，就像我们熟悉的那首《鹊桥仙》一样：

> 纤云弄巧，飞星传恨，银汉迢迢暗渡。金风玉露一相逢，便胜却人间无数。
>
> 柔情似水，佳期如梦，忍顾鹊桥归路。两情若是久长时，又岂在朝朝暮暮。

秦观总是这样敏感、婉转、柔美。虽然有一点点忧伤，就算写到了美好的爱情很难见面，也是“两情若是久长时，又岂在朝朝暮暮”。但是王国维说这两句“可堪孤馆闭春寒，杜鹃声里斜阳暮”却已经变为凄厉了，是强烈而惨痛的悲哀，是一种绝望。我们刚才提到，秦观此时已经被削去了所有的官职和俸禄，永远地断绝了自己的政治前途，所以此时的他已经绝望到了极点。

下一阕“驿寄梅花，鱼传尺素。砌成此恨无重数”，此时有远方友人的音信，寄来了温暖的关心和嘱咐，却平添我的离愁别恨。在此句当中有两个典故，“驿寄梅花”来自陆凯的一首诗《赠范晔》：

折花逢驿使，寄与陇头人。
江南无所有，聊赠一枝春。

而“鱼传尺素”来自古乐府诗《饮马长城窟行》：

青青河畔草，绵绵思远道。
远道不可思，宿昔梦见之。
梦见在我傍，忽觉在他乡。
他乡各异县，辗转不相见。
枯桑知天风，海水知天寒。
入门各自媚，谁肯相为言。
客从远方来，遗我双鲤鱼。
呼儿烹鲤鱼，中有尺素书。
长跪读素书，书中竟何如。
上言加餐食，下言长相忆。

“梅花”和“尺素”都指来自遥远天边的信息，渺无可托而又让人心生希望，沁人肺腑。而这一个字“砌”，却是秦观用字雕琢的意象，你会感觉到他的愁恨是如此重重叠叠，是如此铺天盖地，是如此深重，挥之不去、拂之不掉。

“郴江幸自绕郴山，为谁流下潇湘去？”如果从字面的意思看是：郴江啊，你就绕着你的郴山流就可以了，你为何偏偏要流到潇湘去呢?

最后这两句是很难理解的，为什么这么说呢？王国维欣赏的是“可堪孤馆闭春寒，杜鹃声里斜阳暮”，而苏轼则把这最后两句词写在了自己的扇子上。这句话有太多的心情寄寓在当中，也可以从多个角度去理解。

一个好端端的读书人，本来想为朝廷做事，本来想为国家作贡献，就好像郴江应该绕着郴山转，可是谁想到会被卷入这政治斗争的旋涡呢？就好像我们本来应该自然地生长，应该自然地追求，应该自然地生活在本乡和本土，可又谁知道，由于各种各样的机缘，由于各种各样的岔路口，我们奔波到了不同的城市，遇到了不同的人，过着不同的生活呢？人生有太多的不测，有多少人生，有多少路途，预见了开始，却预见不了结局。

电影《大话西游》当中，紫霞仙子临死前说：“我的意中人是一个盖世英雄，有一天他会踩着七色云彩来娶我，我猜中了这开头，却猜不着这结局。”人在江湖，身不由己，就像这绕着郴山的郴江，不也是不由自主地向北奔涌到潇湘去了吗？生活的洪流滚滚向前，裹挟着我们，不知道会把我们带到什么地方，我们又将面临怎样的未来。

秦观写下了这首特别悲苦的词之后，仿佛预示了他此后的人生之路。当他最后到达贬所雷州时，甚至自己做了挽词，丧失了对生命的信念，此后不久便离开人世，年仅五十二岁。当苏轼听到这个噩耗的时候，两天都吃不下去东西。他怀疑是谣传，而当消息最终被证实的时候，他哀叹道："当今文人第一流，岂可复得？此人在，必大用于世；不用，必有所论著以晓后人。前此所著，已足不朽，然未尽也。哀哉！哀哉！"

苏轼把词中的后两句"郴江幸自绕郴山，为谁流下潇湘去"写在了扇子上，叹息"少游已矣，而万人何赎"，秦少游已经走了，纵使此后有千万个人，谁又能代替他呢？

第十一讲

不能忘记你容颜

——贺铸《青玉案》

贺铸的《青玉案》，又是一首好美的词：

凌波不过横塘路。但目送、芳尘去。锦瑟华年谁与度？月桥花院，琐窗朱户。只有春知处。

飞云冉冉蘅皋暮。彩笔新题断肠句。若问闲情都几许？一川烟草，满城风絮。梅子黄时雨。

这首词写了水波、芳尘、月桥、花院、飞云、闲愁、柳絮、雨丝；写了一个女子不经意间闯入了一个男人的世界，搅乱了他的心绪。也许有的朋友会问，这说明了什么？又有什么意义呢？这首词没有说明什么，也不一定非要有什么意义。很多时候，我们更愿意追问一个结果，追求一个意义罢了。对于这样的一首词，它很美，也很好；不管是看着还是读着，都让人心变得柔软而细腻。这就够了，就这样，已经很好。

我们来看一下前两句："凌波不过横塘路。但目送、芳尘去。"

忽然有一天，在词人所住的风景如画的姑苏城内、横塘附近，有一位佳人闯入了他的眼帘。这位佳人是那样丰姿绰约、步履轻盈、衣袂飘飘、淡香袅袅。词人顿时怔住了，她太美，就像庄子笔下的仙子：

> 肌肤若冰雪，绰约若处子，不食五谷，吸风饮露，乘云气，御飞龙，而游乎四海之外。
>
> ——《庄子·逍遥游》

词人的心中不自觉地浮现出了曹植笔下的洛神："翩若惊鸿，婉若游龙。""凌波微步，罗袜生尘。"曹植心中的洛神就是这样美，但是美得遥远而缥缈，不可触碰。

其实这种感觉也特别像《诗经·蒹葭》当中的那位女子：

> 蒹葭苍苍，白露为霜。所谓伊人，在水一方。
> 溯洄从之，道阻且长。溯游从之，宛在水中央。
> 蒹葭萋萋，白露未晞。所谓伊人，在水之湄。
> 溯洄从之，道阻且跻。溯游从之，宛在水中坻。
> 蒹葭采采，白露未已。所谓伊人，在水之涘。
> 溯洄从之，道阻且右。溯游从之，宛在水中沚。
>
> ——《诗经·蒹葭》

总是有这样的一种美，可望而不可即，可遇而不可求。可往往就是这样的一种美才让人心生留恋，永远回味。

这位“凌波仙子”缥缈而来，词人一阵激动一阵惊喜，但是她并没有走到横塘这边，而是又渐渐地远去了。这种感觉，也正像徐志摩笔下的一首小诗：

我是天空里的一片云，
偶尔投影在你的波心——
你不必讶异，
更无须欢喜——
在转瞬间消灭了踪影。
……

佳人渐行渐远，只留下一缕芳尘。可是词人的心绪却被搅乱，激起了阵阵波澜。在最懂审美的中国文人笔下的美人，没有眉眼的描画，更没有身体的写照，而只有凌波，只有微步，只有罗袜，只有芳尘，已经够了，已经足够让人心驰神往、无尽联想了。这究竟是怎样的一个女子呢？她所有的感觉都是轻盈的、曼妙的、明澈的、优雅的、飘逸的。

这就是东方所特有的美，也是让人心生遐思、心生爱慕的美。同样地，在古希腊神话中智慧和美的代言人也都是女人。女人本应该在这太过艰辛、太过沉重而残酷的世界里，带来美好、轻盈和柔软。可是现实生活中，又有多少女人眉头紧皱，脸色阴沉，工于心计，精于计算。有人说生活多累，哪有时间风花雪月？其实古语说“举重若轻”，虽然生活很辛苦，也很不容易，但是不要把所有的沉重、疲惫和抱怨都写在脸上，不要像一个怨妇。把一地鸡毛的生活过得清澈而明媚，这是一种能力，是女人应该具有的能力。

“锦瑟年华谁与度？月桥花院，琐窗朱户。只有春知处。”那个袅袅婷婷、玲珑剔透的身影，逐渐消失在视野中，词人还怅然若失。有人说这首词描写了他的失恋，我在想，还没有恋，哪来的失呢？当然，这也可以说是失恋，因为有的爱情就是这样一击即中、惊鸿一瞥。只是在人群中多看了你一眼，从此不能忘记你的容颜。也可以说这是一种暗恋，佳人走来了，满以为你为我而来，可是你却无心而去。这世界上最远的距离，就是我站在你的面前，而你却不知道我爱你。

你走了，可是你的气息还在，你的温柔却带走了我的心。是谁有幸能与你共度锦瑟年华呢？这一句浑然无痕地化用了李商隐的诗“锦瑟无端五十弦，一弦一柱思华年”，还有杜甫的一句诗“岁月谁与度”。

也不知道你有着怎样的过往、怎样的青春，我遥想着你住处一定有洒满月光的小桥、开满鲜花的院落、雕着花纹的窗子、涂着朱漆的门户。你快乐吗？你忧伤吗？你孤独吗？你寂寞吗？看来只有春天知道了，可是春天又归向何处呢？

与贺铸同时期的词人黄庭坚，曾经有一首《清平乐》中写道：

> 春归何处？寂寞无行路。若有人知春去处，唤取归来同住。

只有春风才知道你的行踪，而春水初生，春林初盛，春风十里，不如你。

再看下两句：“飞云冉冉蘅皋暮。彩笔新题断肠句。”这里词人再一次化用了江淹《杂诗》当中的“日暮碧云合，佳人殊未来”，还有曹植《洛神赋》当中带有“蘅皋”的句子。这里面的“蘅”指的是一种香草，屈原的《楚辞》当中经常用到；“皋”指的是水泽。

在这短短的几句小令当中，我们已经看到词人多处化用前人的佳句典故，信手拈来，毫不费力，混融无痕而又如同己出。真的，平时我们要多读书，多沉淀，多积累，这样才会在任何需要的时候让佳句自然流淌而出，这叫作千军万马任由腕下驱使。贺铸自己也说过这样的话，他说李商隐和温庭筠他们的才气都好像由他们任意驱使一样。

但是实实在在地讲，现在很多人却是越来越“嘴尖皮厚腹中空”，脑满肠肥，却胸无点墨，导致我们的审美力极其低下，甚至在面对美人美景的时候，搜肠刮肚也无法形容。想一想真的可悲，现代人笨拙到这种程度，就连表达对一个女子的倾慕时，也只能动不动就要给她买房子买钻石，最少也要吃大餐。这些倒是不错，问题是，如果美人心无所动，又有何用呢？就像木心先生所说：

> 没有审美力是绝症，知识也救不了。现在很多人穷，穷的不是物质，也不是文化，而是审美。没有恰当的审美，生活剥露出最务实最粗俗的一面，越来越追求实用化的背后，就是越来越无趣，越来越枯萎。

让我们回到这首词当中。词人痴痴地站在那里凝望，不知不觉天色已晚。飞云冉冉布满天空，暮霭沉沉笼罩着长满香草的池塘。

佳人已去，我只能将心中的百转千回写在彩笺纸上。但是“欲寄彩笺兼尺素，山长水阔知何处”，就算写下了，我又能寄到哪里呢？

最后的这几句：“试问闲情都几许？一川烟草，满城风絮。梅子黄时雨。”要问我的愁绪到底如何呢？我不像李后主，“问君能有几多愁，恰似一江春水向东流”，我也不像李白，“白发三千丈，缘愁似个长”，我更不像秦少游，“落红万点愁如海”。

我的愁绪，只像那一江水草葱茏，只像那满城花絮飘飞，只像那梅子刚刚黄熟时的细雨绵绵。秦观有两句词写得极美，“自在飞花轻似梦，无边丝雨细如愁”。我的愁绪，不惊天不动地，不撕心不裂肺，却不能离去，我也不想让她离去；只想让这种莫名无言的思念，淡淡地牵扯着我，轻轻地裹挟着我，慢慢地缠绕着我。

这样一首深情柔婉的词，它的作者贺铸，却是一个身高七尺、青黑眉、目耸拔的汉子。他为人豪爽、彪悍，如武侠剑客，写过“少时侠气盖一座，驰马走狗，饮酒如长鲸”这样的句子。他博闻强记、精通经史，少年时代就有戍边卫国、建立军功的雄心壮志。可是英雄不为世用，眼见边疆危机，而他又报国无门，令人叹惋。

贺铸有很多豪气喷发的词，有很多纵酒狂歌的词，甚至有李白的风神。北宋的词人大多是儿女情长、英雄气短，唯有贺铸是英雄豪气与儿女柔情并存。因为这一首《青玉案》，贺铸甚至获得了“贺梅子”的雅号。宋金的词人步其韵唱和者，多达二十五人、二十八首，是词史上独一无二的现象。

也有人说，这首词就像是一段《廊桥遗梦》。弗朗西斯卡偶遇了《国家地理》摄影师金凯，绽放出了耀眼的光芒。而在与金凯分手后，对他的爱恋却萦绕了弗朗西斯卡的后半生。

其实我们大可不必牵强附会猜测这首词的内涵。它可能发生过，也可能没有，它可能是词人的一段人生际遇，也可能只是他的一种想象，然而这并不要紧，重要的是这是词人创作的一首传世绝唱。当然，关于贺铸的感情，最后我们还应该看另一首《鹧鸪天》，才会对他有全面的认识。

这是一首写给妻子的悼亡诗，可以和苏轼的《江城子》前后呼应、互相媲美：

重过阊门万事非，同来何事不同归？
梧桐半死清霜后，头白鸳鸯失伴飞。
原上草，露初晞，旧栖新垄两依依。
空床卧听南窗雨，谁复挑灯夜补衣？

贺铸的夫人赵氏勤劳贤惠，但是当贺铸来苏州任职之后，赵氏不幸去世。这首词大意是：我再次来到了苏州，可是已经万事皆非。咱们是一起来的，你为何不再等我，和我一起归去呢？我好像是遭到霜打的梧桐，半生半死；又像白头失伴的鸳鸯，孤独倦飞。原野上绿草露珠刚刚被晒干，我流连在旧日共同栖息的居室，又徘徊在垄头新筑的坟茔。躺在空荡荡的床上，听着窗外凄风冷雨，今后，还有谁会给我深夜挑灯缝补衣裳？

情深义重，曲折深致。也许，这，才是贺铸真正的情感世界。

第十二讲

人生若只如初见

——晏几道《临江仙》

在北宋词坛上，相比于他的父亲晏殊——大晏而言，晏几道被称为小晏，虽然是父子，虽然同样词史留名，但大晏和小晏却有着迥然不同的人生。

晏几道（1038—1110），字叔原，号小山，是晏殊的第七个儿子。虽然贵为宰相之子，然而家道中落，一生只做过颍昌许田镇的小官。晏几道并不擅长经营自己的生活，所以穷困落魄；却又生性高傲，不肯借用父亲以前的关系依附权贵，连当时在朝中受到皇帝重视的苏轼想见他一面，他都避而不见。

所以，黄庭坚曾经说过晏几道有四痴。第一痴："仕宦连蹇而不能一傍贵人之门，是一痴也。"就是说他的仕宦之途一直处于蹇促的境地，一直颓废不振，但是坚决不肯依附权贵。第二痴："论文自有体，不肯作一新进士语，此又一痴也。"是说他坚持写自己的花间小令，不愿意去迎合当时新的文体。第三痴："费资千百万，家人寒饥，而面有孺子之色，此又一痴也。"晏几道作为宰相之子，家中曾经有百万资财，但是他不懂得经营，买了好多的书，生活得大手大脚，结果家人越来越饥寒交迫，过得穷困潦倒，这是他的又一痴。第四痴："人百负之而不恨，已信人，终不疑其欺己，此又一痴也。"晏几道就是这样的人，即使别人多次辜负他，他也不痛恨别人，而且只要相信了别人，始终不怀疑他们会欺骗自己。黄庭坚说这是晏几道的又一痴。

晏几道见过了太多的人情冷暖、俗世悲欢，这个落魄的才子把他的满腹心酸、满腔心事，寄托在柔情缱绻的字句当中。

和五代、宋初的词人写恋情往往比较泛化不同的是，晏几道的每首词都有明确的所指，有明确的思恋对象，主要是表现他和友人沈廉叔、陈君龙家的莲、鸿、苹、云四位歌女之间的悲欢离合。

晏几道《小山词自序》云：

> 始时沈十二廉叔、陈十君龙家，有莲、鸿、苹、云，品清讴娱客。每得一解，即以草授诸儿。吾三人持酒听之，为一笑乐而已。而君龙疾废卧家，廉叔下世，昔之狂篇醉句，遂与两家歌儿酒使，俱流转于人间。

这几位歌女特别善于吟唱，而且与客人之间相处也十分融洽，所以晏几道当时每有新的灵感，都是书写下来给她们，这些歌女就会很迅速地吟唱出来。晏几道和沈廉叔、陈君龙经常把酒言欢，听歌来消遣，过了一段很快乐的日子。但是后来陈君龙生病了，卧床在家，而沈廉叔也去世了。以前的那些快乐的时光逐渐消失，当年写下的那些十分豪爽、狂放的字句，那些莺声燕语的歌女也都流落四方。

晏几道早年曾经度过了一段诗酒宴笑、裘马轻狂的日子，可是当年的那些美好时光，在他后来飘零无着的时候都化成了伤感的回忆。他天分极高，敏感多情，他的爱恋深深地融入记忆，而又把痛苦融入诗歌。就像泣血的杜鹃，哭诉着如烟的往事，回忆着逝去的年华。

我们来看一下他的代表作《临江仙》：

梦后楼台高锁，酒醒帘幕低垂。去年春恨却来时。落花人独立，微雨燕双飞。

记得小苹初见，两重心字罗衣。琵琶弦上说相思。当时明月在，曾照彩云归。

曾经有多少文人墨客都写过“梦”，晚唐的杜牧说：“十年一觉扬州梦，赢得青楼薄幸名。”李煜说：“梦里不知身是客，一晌贪欢。”苏轼说：“人生如梦，一樽还酹江月。”杜甫多次梦到李白：“故人入我梦，明我长相忆。恐非平生魂，路远不可测。”李白也曾经梦游天姥：“我欲因之梦吴越，一夜飞渡镜湖月。湖月照我影，送我至剡溪。”

我们曾经提到过《牡丹亭》中杜丽娘的一梦，惊艳时空，生死绝恋。在中国的文学历史上又有多少经典的梦——黄粱一梦、南柯一梦，梦醒皆空。作为词人的晏几道，作品中的梦也特别多，在他留下的二百六十首词中，有五十二首、五十九句写到了梦。

晏几道的身世就像《红楼梦》中的富贵公子贾宝玉，忽然间从莺歌燕舞、酒香茶浓、软香温玉的幻梦中醒来：

家富人宁，终有个家亡人散各奔腾。枉费了，意悬悬半世心；好一似，荡悠悠三更梦。

忽喇喇似大厦倾，昏惨惨似灯将尽。呀！一场欢喜忽悲辛，叹人世，终难定！

晏几道自己也曾经写道：

追惟往昔过从饮酒之人，或垄木已长，或病不偶。考其篇中所记悲欢合离之事，如幻如电、如昨梦前尘，但能掩卷怃然，感光阴之易迁，叹境缘之无实也！

——《小山词自序》

晏几道在这里悲声感慨，他说曾经那些在一起诗酒唱和的人，有的坟头树木已经长得很高了，有的长期卧病在床，孤独寂寞。回头看看自己文中记载的那些悲欢离合的往事，如幻如电。就像昨日的梦境，就像前尘往事。这个时候只能够掩卷怅然若失，感叹光阴的流逝，感叹人世间的境遇和缘分实在是难以把握。

我们都想一醉方休，可是醒了之后呢？李白说“钟鼓馔玉不足贵，但愿长醉不复醒”；柳永曾经说过“今宵酒醒何处？杨柳岸、晓风残月”；而苏轼则写过“料峭春风吹酒醒，微冷，山头斜照却相迎”。

因为酒醒之后，一切都重回脑海，所以晏几道随后写下“去年春恨却来时”。去年离别时的幽怨遗憾，到此时又平添了新愁。下两句：“落花人独立，微雨燕双飞。”宿醉酒醒的我失魂落魄地来到院中，花瓣簌簌掉落，更加平添压抑的心情。

落花在不同的人心中有不同的样子：在陶渊明的笔下，“芳草鲜美，落英缤纷”“黄发垂髫，并怡然自乐”；在龚自珍的笔下，“落红不是无情物，化作春泥更护花”；可是在林黛玉的眼中，却是“花谢花飞飞满天，红消香断有谁怜”“侬今葬花人笑痴，他年葬侬知是谁”。

在晏几道笔下，落花有意、流水无情，只可怜我一个人茕茕孑立，形影相吊，而此时又恰是微雨飘飞。很多时候微雨都代表忧愁，贺铸说过“一川烟草，满城风絮，梅子黄时雨”。秦观也曾经说过“自在飞花轻似梦，无边丝雨细如愁”。

每一个听雨的人，听到的都是自己的人生。宋代词人蒋捷曾写过一首《虞美人》：

少年听雨歌楼上，红烛昏罗帐。壮年听雨客舟中，江阔云低断雁叫西风。

而今听雨僧庐下，鬓已星星也。悲欢离合总无情，一任阶前点滴到天明。

在这样的微雨飘飞、凝神忧思当中，却偏偏有燕子双飞，刺人眼眸，伤人肺腑。燕子不解人语，不懂风情。“旧时王谢堂前燕，飞入寻常百姓家。”它们可以穿越很多人世的悲哀、人世的离合，甚至穿越古今。

“落花人独立，微雨燕双飞”是晏几道留下来的名句。晏几道的父亲晏殊也曾留下相似的经典：“无可奈何花落去，似曾相识燕归来。”其中也有落花，也有燕子。虽然再美的花儿终将凋落，春天终将逝去，但是那翩飞的燕子不是似曾相识吗？春去春又回，人生还有很多循环往复，还有很多圆融的观照。

而晏几道的这两句词虽然也有落花和燕子，却是伤感寥落，凄婉惆怅，无以复加。这两句被称为伤心人的伤心词，历来被人传诵，称之为“千古不能有二”的名句。（谭献《谭评词辨》）

然而正是这两句，却是恰恰袭用了晚唐五代翁宏《春残》当中的原句：

又是春残也，如何出翠帏。
落花人独立，微雨燕双飞。
寓目魂将断，经年梦亦非。
那堪向愁夕，萧飒暮蝉辉。

晏几道移诗入词，只字未变，却浑然天成、无缝无痕，既提亮了原句，又点亮了全词。结果虽然原诗湮没无闻，而晏几道的词却流传千古。

我们再来看下一阕：“记得小苹初见，两重心字罗衣。琵琶弦上说相思。”记得与歌女小苹初见的时候，她穿着两重心字香薰过的罗衣。这里面最引人注目的两个字就是“初见”，人生有过多少初见呢？纳兰性德有名的两句词：“人生若只如初见，何事秋风悲画扇。等闲变却故人心，却道故人心易变。”

我们常常说，一辈子注定会遇到两个人，一个惊艳了时光，一个温柔了岁月。

初见小苹的时候她衣袂飘飘，清新脱俗，轻轻地弹着琵琶，诉说着缠绵婉转的情意。白居易的《琵琶行》中写道："转轴拨弦三两声，未成曲调先有情。"

我想当时晏几道遇见小苹的时候也是这样的。小苹静静地弹着琵琶，"弦弦掩抑声声思，似诉平生不得志。低眉信手续续弹，说尽心中无限事"。琵琶声声如泣如诉、如悲如涕，叹的是人生难得遇知己，千古知音最难觅。就在那一刻无须多言，晏几道已经听懂了她的心事。

再来看最后一句："当时明月在，曾照彩云归。"大意是：我还记得当时一轮皎洁的明月，曾经照着她彩云一般的身影回归。明月永远是有情人的见证，我们常说"但愿人长久，千里共婵娟"，它既象征着团聚美满，也暗喻着别离相思。"此时相望不相闻，愿逐月华流照君"，即使再也见不到你，我也愿意随着那月光，把那满腔的思念带到你身旁。

看到了这两个字"彩云"，又让人想起《红楼梦》中晴雯的判词：

> 霁月难逢，彩云易散。心比天高，身为下贱。风流灵巧招人怨，寿夭多因诽谤生。多情公子空牵念。

这首判词多像这位歌女小苹的一生啊！

"彩云"暗喻着小苹的光彩照人，好像一幅仕女月下的西归图。如今明月依旧，佳人不在。只剩下这幅柔情而又难言的画面，永远定格在词人的记忆当中，每每想起，都会成为他在这个冰冷的现实世界中的一份温暖和慰藉。

晏几道的这首小词，虽然写的是与一位歌女的爱情，但是毫无狎昵亵渎，情感纯洁而真挚。清人冯煦曾经评价说：“小山词，淡语皆有味，浅语皆有致。求之两宋词人，实罕其匹。”（《蒿庵论词》）确乎其言。

第十三讲

揉捻的离思

——周邦彦《兰陵王》

对于一般的文学爱好者来说，也许并不是太熟悉周邦彦，看了他的《兰陵王》，也未必会有比较深的感受。甚至有人会觉得没太看懂，也没有特殊的感动，这究竟是为什么呢？

实际上周邦彦可以说是宋词史上“结北开南”的重要人物，他几乎可以称得上是终结了北宋词的一位集大成者，对于南宋词也具有很重要的影响，对后来的很多词人如史达祖、姜夔、吴文英、周密、张炎等都有很多启发。他与黄庭坚和秦观几乎同时登上词坛，和苏轼是前后并称的词坛领袖，但是却与苏轼有着迥然的不同。

第一点不同是：他们的人生境界是不同的。周邦彦（1056—1121）字美成，号清真居士，钱塘人，也就是现在的浙江杭州人。周邦彦是极富才气的江南才子，他二十四岁进入汴京做太学生。同时周邦彦也是一个特别想出人头地的人，他在二十八岁那年向神宗献了一篇《汴都赋》，这篇《汴都赋》辞藻华美、长篇铺排，赞美了汴京的繁华富庶，同时歌颂了王安石的新法。因为周邦彦作了这篇《汴都赋》，大获赏识，从一个普普通通的太学生做到了太学正，也就是做了最高的中央官学里面的领导。

如此年轻有为，未来本可以飞黄腾达，但是无奈造化弄人，天有不测风云。神宗死后，宋哲宗即位，而高太皇太后执政，起用旧党。这样极力赞美过新党的周邦彦在宦海沉浮中被挤出京城，陆续贬到了庐州、荆州、溧水等地任职。其实周邦彦的这些经历，以往我们提到的很多著名的大诗人、大词人都曾经历过，每个人的反应都是不同的。比如和周邦彦同时期的苏轼，他被贬谪的时间比周邦彦要长得多，被贬谪的地点也要比周邦彦多得多；而那种颠沛流离、人生潦倒凄惨的程度也比周邦彦严重得多，但是两个人的状态却是极为不同。

周邦彦经过这些变故之后，原来意气风发的特点改变了。他变得看起来平和许多，温顺许多，好像知道了天命，也不再努力和挣扎。更有人说他是“望如木鸡，喜怒不形于色”。当然在比较复杂的政治斗争中，这是明哲保身的好方法。到了周邦彦晚年的时候，哲宗亲自当政，把旧党逐出，新党复归朝廷。他又被召回了汴京，提升到管理大晟府——当时中央最高的主管音乐的机构。其实周邦彦本来也可以在哲宗朝再次有所作为，或者谋求富贵的。但是这时他已经看到了太多政治斗争中的不同人生、不幸遭遇，也已经看透人生，也不想再搏击和进取了。

当年在周邦彦向神宗献了洋洋万言的《汴都赋》前后，苏轼也在神宗年间上了两篇万言的奏疏，但只不过一个是上赋，一个是上疏，这是很不一样的。赋是铺排的、华美的、赞扬的、歌颂的，献一篇赋绝不是为了表达自己的政治上的理想和主张，而周邦彦的确通过这篇赋引起了上层的注意、受到了上层的赏识。但是苏轼的上疏则是出于对家国命运的关心，有他自己坚持的政治主张，也有自己严肃的政治理想。诗词是有生命的，生命的品质往往因人而异。所以，这也是王国维先生在《人间词话》中对周邦彦没有给予很高评价的原因。虽然他在另一篇著作《清真先生遗事》中认为周邦彦的艺术创作“穷极工巧”，但在境界上是永远达不到像苏轼、欧阳修那样的高度。

> 美成深远之致不及欧、秦，唯言情体物，穷极工巧，故不失为一流之作者，但恨创调之才多，创意之才少耳。
>
> ——王国维《人间词话》

也许是因为周邦彦的生命更局限于自己的利弊和得失，而苏轼更关心家国的兴衰和成败，所以周邦彦在受到打击后但求自保，而苏轼在受到打击后则仍然心系天下。诚然文学就是人学，只有伟大的人格、宏阔的心胸、澄明的境界，才能写出伟大、宏阔和澄明的作品。因为一个人生命的厚重程度，决定了他的作品的厚重程度。

周邦彦和苏轼的第二点不同，在于词中的气象不同。如果说以唐诗来比宋词的话，苏轼就像唐诗中的李白，行云流水、自由挥洒、真情流露、毫无羁绊，而周邦彦就像词中的杜甫，精心安排、锻字炼句。所以有的词评家评价他“下字运意，皆有法度”，他的句法、章法和音律都有严格的规矩。当然也正因为如此，他像杜甫一样成为后人追步和效法的宗师。

凡作词当以清真为主。盖清真最为知音，而无一点市井气，下字运意，皆有法度，往往自唐、宋诸贤诗句中来，而不用经史中生硬字面，此所以为冠绝也。

——沈义父《乐府指迷》

苏轼的词像李白的诗那样，天风海雨、文思喷涌。严羽的《沧浪诗话》中说，李白作诗，但用胸口一喷即是。这样的诗人和词人是在用生命的感发作诗、作词。我们能够从作品当中感受他们鲜活跃动的心灵和精神状态。而周邦彦的词“以思力取胜”，就是有思考、运作和安排，精心的设计。又因为他本身的音韵和文学的造诣极高，所以他就像一位电影艺术大师一样，在他的长篇作品中，多次运用插叙、补叙、倒叙等方法，在过去、现在、未来当中穿插跳跃，场景交错，结构繁复多变，给人带来惊人的视觉盛宴。

下面我们就来看一下他的代表作《兰陵王》。

柳荫直，烟里丝丝弄碧。隋堤上、曾见几番，拂水飘绵送行色。登临望故国，谁识京华倦客。长亭路，年去岁来，应折柔条过千尺。

闲寻旧踪迹。又酒趁哀弦，灯照离席。梨花榆火催寒食。愁一箭风快，半篙波暖，回头迢递便数驿。望人在天北。

凄恻，恨堆积。渐别浦萦回，津堠岑寂。斜阳冉冉春无极。念月榭携手，露桥闻笛。沉思前事，似梦里，泪暗滴。

读这首词的感觉很长，因为周邦彦特别擅长长调。这首词的主题叫作“柳”，在文学史的意象中，“柳”意味着离别。我们还记得柳永曾经说过“今宵酒醒何处？杨柳岸、晓风残月”，所有关于离别的这种感发，周邦彦和别人都不一样。

有人说这首词是周邦彦被迫离开汴京之前写的，而且据说这还牵涉一个小小的有趣的逸事。在宋代有一个人叫作张端义，他在《贵耳集》中提到，周邦彦作为当时极负盛名的文坛才子，与当时艳极一时的名妓李师师相恋，两人难舍难分，常常暗自约会。有一次恰恰赶上宋徽宗约会李师师，周邦彦无奈躲到床下，而宋徽宗和李师师的这种约见还被周邦彦写到了词中。此事后来被宋徽宗知道，甚是恼火，于是把周邦彦驱逐出京师。李师师设酒送别，周邦彦很伤感，写下了这首凄婉的词。这个小传闻很有意思，充满了才子佳人的相关事态和联想。但是实际上王国维已经在《清真先生遗事》进行了分辨和考证，说这几乎是不可能的事情，年代和相关时间都不符。但是此词为离开京华时所作，这是没有问题的。

“柳荫直，烟里丝丝弄碧。”也许正值中午，太阳照在柳树之上，树荫直直地落下。在雾霭之中，丝丝的柳枝随风舞动，通过这一个“弄”字，你会发现周邦彦十分重视锻字炼句。柳丝仿佛知道自己碧色可人，所以故意展示它们的美，而这种柳枝的绿色透过了春天的雾霭，更加朦胧，也更加可爱。

“隋堤上、曾见几番，拂水飘绵送行色。”这个隋堤指的是汴京附近的汴河的堤，隋朝所开。这样的柳絮飘飞、这样的依依惜别，我在这个古老的隋堤上曾经见到过多少次呢？“拂水飘绵”这四个字同样锤炼得十分精美，也生动地描画出不忍离别的缠绵情态。

“登临望故国，谁识京华倦客。”我登上了高高的堤坝，眺望故乡。别人的送别触动了我的乡情，我这个厌倦了京城生活的过客，这种凄婉和忧愁谁能够理解呢？

“长亭路，年去岁来，应折柔条过千尺。”古代的驿道上，十里一长亭，五里一短亭。李叔同写过“长亭外，古道边，芳草碧连天。晚风拂柳笛声残，夕阳山外山”。一提到长亭，一提到柳树，就是这种让人神伤的别离场景。词人想，在这长亭路上，年复一年，被折去的柳条恐怕要超过千尺了，人间的离别何其频繁啊。

这首词的第一片写到了自我的漂泊。回顾了今夕之后，第二片就开始写眼前送别的情景。在眼前送别的情境中，既有对往事的回忆，又有对别后愁苦的设想。“闲寻旧踪迹”这个“寻”不是寻找，也不是在隋堤上走来走去，而是寻思、追忆、回想。“旧踪迹”指的就是往事，那么为什么说是“闲寻”呢？此处“闲”有空荡之意，当船一旦开动之后，周围立刻安静下来，心里空落落的，一下想起了当年的往事。

“又酒趁哀弦，灯照离席。梨花榆火催寒食。”在送别之后，心中空落，想起了旧事，想起他思慕的情人在寒食节前的晚上为他送别。在送别的宴席上，灯烛闪烁，伴着哀伤的乐曲饮酒，此情此景令人伤怀又难以忘怀。

“愁一箭风快，半篙波暖，回头迢递便数驿。望人在天北。”此时词人坐在船上，回望岸边。船顺风划得飞快，本来应该高兴，但是这里却用了一个“愁”字，只是因为离开的地方有让他留恋的人，所以怎么能高兴得起来？回头望去，那个人已经远远的像是在天边，只留下了一个难以辨别的身影。“望人在天北。”此处有着无限的怅惘和凄婉，就像欧阳修笔下的“平芜尽处是春山，行人更在春山外”，人越走越远，影子也越来越模糊了。

第三片又由眼前的景致再次折回到前事，今昔回环，情、景、人、事交错，极具吞吐之妙。“凄恻，恨堆积。”这个恨，就是遗憾。船越行越远，遗憾越来越重，层层堆积在心头难以排遣，也不想排遣。

“渐别浦萦回，津堠岑寂。斜阳冉冉春无极。”如果说最初的“柳荫直”是中午，到此时就已经快到傍晚了。这个时候一直遥望中的情人已经看不见了，只有沿途的风光。在不同的水流的分支和渡口，都是孤零零、冷清清的。夕阳西下，春色一望无边，越空旷的背景就越衬托出自身的孤单。

他又想起了往事，“念月榭携手，露桥闻笛。沉思前事，似梦里，泪暗滴。”想起在月榭之中、露桥之上，那些难忘的夜晚，宛如梦境，一一浮现在眼前。所以不知不觉泪水流了下来，这种“暗滴”是独自流泪，不想让别人知道，别人也无法知道，所以只能暗自神伤。这样的一首词有着沉郁的清愁，迂回曲折，似浅实深，好像有吐不尽的心事流淌在其中。

有人说，周邦彦的词以擅写“漂亮的忧郁”而使心灵获得了似乎是微妙的愉悦。这些作品中透露出来的忧伤用雅丽的词句排列组合，形成一种流动的淡淡的愁绪，而又绝不过激，就好像是低度的美酒，让人微醉而又不至于太过兴奋。这种像绵绵雨丝一般黏腻的情绪，虽然被他琢磨出了极为高超的技巧，但如果要将境界提升到超拔的高度，却是个障碍。

周邦彦的词非常注重遣词造句，辞藻华丽、曲调优美，没有不合律的，没有不合拍的。虽然他的词作不过是写男女恋情、人生哀怨、离愁别恨，但是他最主要的成就在于兼收并蓄，博采众家之长，又善于摒弃他们的弊端。在他的词中，既有温庭筠的秾丽，也有韦庄的清艳；既有冯延巳的缠绵，又有李后主的深婉；既有晏殊的蕴藉，也有欧阳修的秀逸；以至于柳永的铺叙绵密，苏轼的旷远豁达，在周邦彦的词中都能看到影子。因此周邦彦的词的确具有独特的特点和地位，也得到了后人的赞赏，而这种富丽精巧的词工，也给南宋的词人很多启发。

看周邦彦的词，通常会觉得很美，他追求了所有的最完美——调美、律严、词工。可是这世间往往不完美的，才是真实和可爱的。有一句话叫作“一事精致，便能动人”，而如果事事精致，美则美矣，却缺乏真正能打动人心扉的力量了。

第十四讲

一种相思　两处闲愁

——李清照《一剪梅》

我们从开始讲宋词到现在，看了这么多柔情蜜意、千回百转，但都是男人们写给女人，或者假设自己身为女人所作的词。只有这次我们看到的是女人写给自己的词。

提到李清照，给人的感觉是一个才女，一个美女。想到她的“兴尽晚回舟，误入藕花深处”，觉得这是一个幸运开心的女人；想到她的“寻寻觅觅，冷冷清清，凄凄惨惨戚戚”，又觉得这是一个悲惨不幸的女人；想到她的“生当作人杰，死亦为鬼雄”，觉得这是一个性情刚烈的女人；想到她的“此情无计可消除，才下眉头，却上心头”，又觉得这是一个内心柔软的女人。

这究竟是怎样的一个女人呢？所谓“诗言志、词言情”，宋代士大夫写的温柔深情的词可能和他的生活并不相关，而只是一种寄托，或者心情。而李清照的词则几乎都是她的生活写照，每一首词都印着她的生活轨迹，都留着她的欢歌笑语、泪水叹息。就让我们借助几首小词，穿越千年的烽烟，看看这个不平凡女子的一生。

我们常说，一个女人的一生和最重要的两个男人有关，一个是父亲，一个就是恋人。在李清照的前半生中，她幸运地同时拥有两个优秀的男人。她的父亲李格非是北宋文学家，苏轼的学生，被称为苏门的“后四学士”。李格非熟读经史、早有盛名，诗文俱佳、著作颇丰，曾经做官做到了提点刑狱和礼部员外郎。他有很多藏书，还工于辞章，为人廉洁刚正。李清照的母亲是状元王拱辰的孙女，也非常有文学修养。

李清照就是出生在这样的一个书香门第。出色的父母、家学的熏陶，再加上李清照自身的蕙质兰心、冰雪聪明，所以很早就显露出过人的才华。王灼《碧鸡漫志》这部书评价她“自少年便有诗名，才力华赡，逼近前辈”。李清照曾经受到当时著名的文学大家——“苏门四学士”之一的晁补之的大力称赞。《风月堂诗话》中说李清照“善属文，于诗尤工，晁无咎多对士大夫称之”。这个“无咎”就是晁补之。

李清照生活得无忧无虑，她早年时候所写的一首非常轻快、活泼、明丽的小词《如梦令》就是这种少女生活的写照：

常记溪亭日暮，沉醉不知归路。兴尽晚回舟，误入藕花深处。争渡、争渡，惊起一滩鸥鹭。

这样轻快明丽的字句背后，我们仿佛看到了一群十五六岁的女孩子，在莲藕塘中，在溪水间行船嬉笑打闹，快乐的声音激起阵阵浪花，而又在不经意间惊起水中栖息的水鸟。

李清照的另外一首《如梦令》更是名动京师：

昨夜雨疏风骤，浓睡不消残酒。试问卷帘人，却道海棠依旧。知否，知否？应是绿肥红瘦！

昨夜雨里雨滴稀疏，可是劲风不断，我酣睡一夜，但清晨醒来还是觉得有一点残留的酒意没有消尽。于是就问正在卷帘的侍女外面情形如何，可是她却说海棠依旧。你这个粗心的丫头啊！知道吗？知道吗？应该是绿叶繁密，红花稀疏啊。

这首小词一出，立刻轰动了词坛，广为传诵。当时的文士莫不击节称赏。

少女时代的李清照可以说是气质美如兰，才华馥比仙。而就在她十八岁的时候遇上了二十一岁的太学生赵明诚。两人的相遇，还有一段非常美丽的传说。有一年元宵节之夜，赵明诚和李清照的堂兄一起在相国寺赏花灯，忽然偶遇了这位年方二八的佳人，两人的相遇就像辛弃疾写的那首著名的《青玉案·元夕》一样：

东风夜放花千树，更吹落，星如雨。宝马雕车香满路，凤箫声动，玉壶光转，一夜鱼龙舞。

蛾儿雪柳黄金缕，笑语盈盈暗香去。众里寻他千百度，蓦然回首，那人却在，灯火阑珊处。

那夜烟花璀璨，就像是风吹散千树繁花，又像流星如雨。精致的马车，满路的芳香。悠扬的凤箫婉转回荡，玉壶般的明月渐渐西斜，热闹的元宵夜鱼龙为舞，笑语喧哗。有位佳人头戴着美丽的发饰，笑语盈盈地随着人群走过，我还没有看清楚她的模样，却被一阵沁人心脾的暗香击中，心驰神往。于是我在人群中寻找千百次这美丽的身影，蓦然回首，却发现她在灯火阑珊的地方。

儒雅英俊的太学生赵明诚就是在这样一个元宵月夜，看到了灯火阑珊处的李清照。这一眼情愫暗生，爱慕不已。赵明诚回到家里就委婉地向父亲说明了此事。他的父亲赵挺之恍然大悟，马上派人到李家求亲。赵明诚当时正在太学读书，才高八斗、学富五车、儒雅潇洒。而他的父亲赵挺之则是当时的尚书右仆射，地位相当于右宰相。在最美好的年龄遇见最美好的人，这是千古以来多少人的渴望和梦想。而李清照和赵明诚这对才子佳人，一个是宰相之子，一个是礼部员外郎之女，人中龙凤、珠联璧合、一见钟情。

二人在汴京大婚，结为夫妻。婚后伉俪情深，琴瑟和谐。赵明诚是著名的金石学家，特别醉心于收集古文字画，二人志趣相投，常常一起切磋学问，相濡以沫。两个人虽然都出身名门，但是家世清廉，也没有太多资财。当时在太学读书的赵明诚每个月初一、十五放假回家和妻子团聚时，常常会先到当铺里当几件衣服换一点钱，然后就步入热闹的相国寺市场，买回一些金石碑帖，再买回一些蔬果香茶，夫妻二人相对展玩咀嚼，在神秘古老的碑文当中，流连忘返。

过了两年，赵明诚做官了，但是两个人的生活仍然很简朴。他们把很多金钱都用来买书和金石古玩。两个人对这些古董字画简直到了痴迷的程度，想方设法尽量搜找回来。据说有一次，有人拿了一幅南唐画家徐熙的《牡丹图》，索钱要二十万文，夫妻两人把这幅名画留在家中反复地欣赏两天两夜，爱不释手。但是苦于实在没有那么多钱，只好恋恋不舍又还给人家，为此他们还惆怅了好多天。

这样清贫但却充实，优雅而又平静的日子并没有持续很久。赵明诚的仕途并不顺利，赵李两家都受到了当时党争的牵连。在李清照出嫁的第二年，她的父亲被列入元祐党籍，不允许在京城任职，这场风波甚至还牵连了李清照，她也被迁居到京城之外，和赵明诚分开了很长时间。后来赵明诚的父亲赵挺之又因为和奸相蔡京不和，也被罢官。赵挺之去世之后，蔡京还横加诬陷，导致赵挺之的家人和亲属也难以在京中居住。当时刚刚遇到大赦，回到京城的李清照，再次面临着要陪着丈夫到外地去的命运。赵家此时由显贵变成了普通的百姓，李清照陪着赵明诚回到了家乡青州的私宅。这时李清照二十五岁，也就是在这里，她把自己的屋子命名为归来堂，而自号“易安居士”。

有一次赵明诚外出未归，李清照就写了一首词《醉花阴》表达自己的思念：

> 薄雾浓云愁永昼，瑞脑消金兽。佳节又重阳，玉枕纱厨，半夜凉初透。
>
> 东篱把酒黄昏后，有暗香盈袖。莫道不消魂，帘卷西风，人比黄花瘦。

薄雾弥漫，云层浓密，愁绪整日没有消散。龙涎香在金兽香炉中缭绕缥缈。又是重阳佳节了，我在玉枕纱帐中，夜半凉气将人浸透。在东篱边饮酒，直到黄昏之后，淡淡的菊花香气盈满衣袖。不要说清秋和离别不让人暗自神伤，西风卷起珠帘，帘内的人比那黄花还要消瘦。

赵明诚见到这首词赞叹不已，却又想胜过妻子，便闭门谢客，废寝忘食三天写了五十首词，最后把李清照的词夹在当中送给朋友品鉴，朋友看来看去，说只有三句绝佳。赵明诚赶忙问是哪三句，朋友说是“莫道不消魂，帘卷西风，人比黄花瘦”。听此，赵明诚一时哑然，更加钦佩妻子的才华。

在这样的郎情妾意、幸福恩爱之中，曾经有过一些波折和别离，而别离则让真挚的情感更加缠绵和牵挂，李清照的名作《一剪梅》就是写在这样的背景之下。

红藕香残玉簟秋，轻解罗裳，独上兰舟。云中谁寄锦书来？雁字回时，月满西楼。

花自飘零水自流，一种相思，两处闲愁。此情无计可消除，才下眉头，却上心头。

荷花已残，清香已消，肌肤如水，枕席清凉。秋天来了，我轻轻地解下罗裙外裳，一个人独自踏上兰舟，仰头凝望这天，那白衣苍狗之中是谁捎来了远方的书信呢？大雁南归，一字成行。此时正是月色撩人，月光洒满这相思的闺楼。无可奈何花落去，一江春水向东流，你也在思念着我吧！同样的相思，却是两处闲愁。这种思念无法排遣，刚从微蹙的眉间消失，又慢慢缠绕上了心头。

这就是李清照。王士禛曾经评价她“人工天巧，可称绝唱”。

她曼妙的才思和绝伦的才力，仿佛能点石成金。最平常和最简洁的语言一经她的提炼就别开生面，风流天然。那么，这样一位才女的后半生，又是怎样的呢？

第十五讲

愿你归来仍是少年

——李清照《声声慢》

李清照的上半生，出身名门，家学深厚，秀外慧中，冰雪聪明；在最美好的年纪遇到了最美好的人，又和丈夫珠联璧合，夫唱妇随，志趣相投，诗酒为伴。仿佛一个女人最让人羡慕的一切她都拥有了。但是就像《道德经》中的一句话“大成若缺”，老天不会给人最圆满的，都要有所缺陷，仿佛才是人生。就在李清照和丈夫赵明诚安守田园，把玩金石，烹茶煮酒，度过了一生中平静而又难得的快乐岁月之后，迎来了不断的挫折和磨难。

李清照帮助赵明诚大体上完成了他的《金石录》的写作，这是继欧阳修《集古录》之后，一部很有影响的金石学著作。在这段时间里，赵明诚和李清照先后在青州、莱州、淄州任官，就在李清照四十四岁那年，宋钦宗靖康二年，同时也是高宗建炎元年（1127年），发生了一件不仅影响宋代历史，而且改变了宋人生活的巨大事件——金人大举入侵，掳走了徽宗和钦宗父子——这就是靖康之变。

这不仅是宋人的灾难，也是赵李二人的巨大灾难。当时北方的局势越来越紧张，李清照也开始着手整理金石古玩南下。但是没想到当年十二月青州兵变，李清照在青州的大量书籍、金石被焚毁，她押着十五车贵重的书籍器物前往镇江，却赶上镇江被攻陷，守臣弃城逃跑。李清照以其大智大勇，在兵荒马乱中，将这批稀世珍宝于第二年押抵江宁。

此时的赵明诚在江陵任知府，可是这样一位书生气的长官未能胜任，由于不能适时镇压下属的叛乱被革职，之后赵明诚又被派到湖州上任。夫妻二人分别的时候局势更加糟糕，李清照知道，此次一别，随时可能遭遇兵祸，她担心自己保护不了这批文物。她问，如果遭遇不测应该怎么办？赵明诚说，如果遭遇不测就先抛弃辎重，再抛弃衣物，然后是书籍、卷轴，最后是古玩、器皿。而他们夫妻二人一生所集的《赵氏神妙帖》要与李清照共存亡。

1129年，两个人一路向江西逃亡。当走到乌江边上，也就是当年西楚霸王自刎的江边，李清照心潮澎湃，随口咏出了那首传诵千古的《夏日绝句》：

> 生当作人杰，死亦为鬼雄。
> 至今思项羽，不肯过江东。

命运的不测再次袭击了李清照和赵明诚，1129年，四十九岁的赵明诚疾病发作，去世于建康（南京）。两个人三十年幸福美满的婚姻就此落下帷幕。在埋葬了赵明诚之后，李清照大病一场，开始孤雁南飞。这个时候，面对着丈夫赵明诚留下的十五车金石古玩，李清照非常为难、百感交集。它既是夫妇二人一生的心血，也是逃难路上巨大的累赘和负担。这时的李清照形单影只，托运着堆积如山的收藏品奔波在路上，她把这十五车中绝大多数的藏品寄托到洪州。这时他的弟弟随皇室逃到那里，可是没想到第二年，金兵攻陷洪州，这十五车绝世珍品化为灰烬。备受打击、精神几乎崩溃的李清照，带着随身的最后几箱藏品，颠沛流离、辗转奔波到绍兴。她租了一个姓钟的文士家的房屋居住，暂时安定下来，把这几箱古玩字画放到卧榻底下，闲暇时拿出来把玩。却不料一夜之间，有盗贼挖墙而入，偷走了五个箱子。李清照悲愤至极，为了找回承载她的心血和记忆的箱子，她公开悬赏。可是没想到，过了几天却是房东拿着十八轴画卷前来领赏。至此真相大白，可是一个身在异乡为异客、孤苦伶仃的寡妇又能怎么样呢？李清照只好花钱又赎回画卷，可是其他的几箱藏品却怎么也找不到了。

有一句话叫作“女人啊，你的名字是弱者”。此时的李清照呼天天不应、叫地地不灵，孤苦伶仃，柔弱无助。《声声慢》就是写在这个时候，写于她颠沛流离、备受折磨的下半生。此时金兵入侵、国破家亡；此时李清照痛失所爱、孤苦无着。她的词中再也没有了小儿女的清新可人、低吟浅唱。

寻寻觅觅，冷冷清清，凄凄惨惨戚戚。乍暖还寒时候，最难将息。三杯两盏淡酒，怎敌他、晚来风急？雁过也，正伤心，却是旧时相识。

满地黄花堆积。憔悴损，如今有谁堪摘？守着窗儿，独自怎生得黑？梧桐更兼细雨，到黄昏、点点滴滴。这次第，怎一个愁字了得！

在这首词的开头连用了七组叠词，形成了一种音节和韵律上忧愁而又低回的美感。这七组叠词回环往复、徘徊低迷、婉转凄楚，就像是一个伤心人不断地轻声低诉，让人心碎。这几个字当中，李清照说，我怅然若失，苦苦寻觅，想要把一切都寻找回来。但却只见冷冷清清，怎能不让人更加感到凄惨悲戚。

“乍暖还寒时候，最难将息”，心情特别忧郁低迷，而又加上这秋日时节，天气总是忽冷忽热最难保养休息，在这样的时节就更睡不着了。

如果真的能够睡去，还能暂时逃离眼前的苦楚，也算是暂时的幸福。但是往往越想入眠，越难入眠。索性披衣坐起，喝点酒暖暖身子吧。可是这三杯两盏淡酒，怎能敌得过早晚寒风侵袭。我这北方的人，来到水土不服的南方，我怎么能承受得了这种人事变迁、时节转换呢？

此时一行大雁飞过，更让人伤心，仿佛它们都是旧日的相识。还记得那年也是秋天，我也能感到些许微凉，可是那是一种怎样甜蜜的忧伤。那年我曾经写过“云中谁寄锦书来，雁字回时，月满西楼”，那是短暂的分别，我看到大雁，想起我远方的爱人捎给我的书信，思念的月光洒满闺楼。可是，大雁，此时我又看到了你，又听到了你的哀鸣。

“满地黄花堆积。憔悴损，如今有谁堪摘？”园中的菊花堆积满地，都憔悴不堪，想当年我还曾经写过“东篱把酒黄昏后，有暗香盈袖”的句子；而此时再也不是那种“莫道不销魂，帘卷西风，人比黄花瘦”的时候了。“花开堪折直须折，莫待无花空折枝”，如今花容月貌已经凋零，还有谁能来守护呢？

“守着窗儿，独自怎生得黑？梧桐更兼细雨，到黄昏、点点滴滴”，我冷冷清清地守着窗子，独自一人，我怎么挨到天黑？漫长使孤独变得更加可怕，而孤独又使漫长变得更加难挨。好不容易挨到天黑，却又下起雨来，梧桐树上细雨淋漓，到黄昏还是点点滴滴。疾风、骤雨、孤雁、残菊、梧桐，这眼前的一切使哀怨重重叠叠，无以复加。

“这次第，怎一个愁字了得！”自古逢秋悲寂寥，秋天本来就容易引发人的愁思，当年少年不识愁滋味，而如今识尽愁滋味，欲说还休，欲说还休，却道天凉好个秋。这样的情景，又怎能用一个愁字了结呢？

古往今来，人们对这首词的艺术价值给予很高评价。可是我觉得，对于李清照来说，她就应该是那种明媚的、优雅快乐的女子，应该享她的爱、赏她的花、写她的词、整理她的金石。而生活的无奈一再把她抛起又扔下，她不能再像从前那样美丽和柔软，她只能慢慢地被折磨得粗糙和哀怨，接下来的生活再一次将李清照投入深渊。

在如此孤苦伶仃、柔弱无助，在她最脆弱的时候，她多希望有一个肩膀靠一靠，有一个臂弯扶一扶。这个时候，一个男人——右承奉郎张汝舟出现了。右承奉郎是文官的一种，大约相当于八品。张汝舟对李清照百般体贴、温柔甜蜜，李清照历经痛苦波折的内心彻底融化了。身心俱疲，经历了痛失所爱、家国离乱，李清照太想安稳、太想温暖，没有多久她就嫁给了张汝舟。

当你太需要一件东西的时候，就必然会失去所有的判断力和抵抗力。太需要温暖和爱的李清照，此时没有力量，更没有能力来判断。而婚后的生活证明，张汝舟不是为了李清照的容貌和才华，而是为了她那些价值连城的藏品而来。时间越长，张汝舟越暴露出他的浅薄、暴虐、粗俗的本性，李清照痛苦万分，欲哭无泪。而她的藏品并没有像张汝舟想象的那样丰富，又不愿相让，这就让张汝舟更加恼火。本来李清照希望能够维持这个家，将就着度过后半生，但是这最后一丝希望也破灭了。张汝舟眼见得不到这些藏品，最后竟然恼羞成怒、拳脚相加，竟想到要把她打死以获得藏品。历经百般折磨，李清照痛定思痛，挣扎着坚强起来保护自己，她拿到了张汝舟徇私舞弊、以欺瞒手段获得官职的证据，将他告上公堂。

按照宋朝的法律，妻子告丈夫如果证据确凿，妻子也要入狱。李清照此时宁愿入狱，也不愿意再过着苟且痛苦的生活了。所以两个人双双入狱，幸亏当时赵、李两家还有人在朝为官，帮助了李清照，仅九天就被放出，她终于摆脱了这个噩梦般的牢笼。

绍兴十三年，也就是1143年前后，李清照将丈夫赵明诚的遗作《金石录》校勘整理完毕上交朝廷。十多年后，怀着对死去亲人的绵绵思念和故土难归的遗憾，在极度痛苦的日子中，大约七十三岁时，李清照悄然离开了人世。

“气质美如兰，才华馥比仙。”这是《红楼梦》中为妙玉所作的曲，命运对这种冰清玉洁的才女是何其不公。

气质美如兰，才华馥比仙。天生成孤僻人皆罕。你道是啖肉食腥膻，视绮罗俗厌。却不知太高人愈妒，过洁世同嫌。可叹这，青灯古殿人将老，辜负了，红粉朱楼春色阑。到头来，依旧是风尘肮脏违心愿。好一似，无瑕白玉遭泥陷，又何须，王孙公子叹无缘。

“好一似，无瑕白玉遭泥陷”，其实李清照后来遇人不淑，纵使努力地反抗，终于改变命运，却不由得让人从心底里哀惋她的遭遇，心疼她的坚强。

有一句话说：“愿你出走半生，归来仍是少年。”纵览李清照的词作和生平，真的不愿她有那么多心酸和痛苦，而多么希望她还是那个“常记溪亭日暮，沉醉不知归路。兴尽晚回舟，误入藕花深处”的可爱纯洁的少女。

第十六讲

金戈铁马气如虎

——岳飞《满江红》

宋词低回、婉转、缠绵、柔美，缔造了与以往不同的美学范式，缔造了东方帝国中世纪的优雅之美。为什么宋词会有这样的美学特质呢？这和宋代的政治格局、国家形态、国际地位都有密切关系。我们以前认为大唐是兴盛的代名词，殊不知宋比唐的繁盛有过之而无不及。有很多学者的研究都表明，宋初的一百多年间，整个国家比较安定，经济高度繁荣，而各个行业，比如造船、纺织、印刷、医药、制瓷业都有前所未有的进步。农业、手工业、商业也都非常繁荣，城市、城镇乃至于一般的集市都特别兴盛。

宋代的城市经济特别发达，汴京在当今的河南开封，临安在当今的浙江杭州，还有建康（南京）、成都，都是人口达到十几万的大都市。而且宋代取消了在城市中坊和市的限制，也就是居住区和商业区的界限。不禁夜市，给商业和娱乐业的发展带来了特别有利的环境，孟元老的《东京梦华录》等史料对这种繁华富庶、朝歌暮舞做了生动记录。

宋代实行文人政治，宋初时太祖就曾经杯酒释兵权，让大将拿着金银珠宝回家养老。宋代文官待遇很好，朝廷优待士大夫，官员俸禄补贴优厚，生活得非常舒服。同时宋代的皇帝除了开国皇帝赵匡胤是大将出身，一介武夫，陈桥兵变、黄袍加身之外，其他的皇帝都可以说是文学家、书法家、艺术家。在这样的背景之下，整个社会都充满了一种悠然自得、品味生活的绅士格调，人们惬意甚至慵懒地享受生活。而宋词就在这样的土壤和空气中孕育生长，即使悲哀、即使离别都充满美感。宋词是阴柔之美，相比之下唐诗则是一种阳刚之美。在宋词中看不到“五花马，千金裘，呼儿将出换美酒，与尔同销万古愁”；看不到“男儿何不带吴钩，收取关山五十州，请君暂上凌烟阁，若个书生万户侯”。我们能看到“小山重叠金明灭，鬓云欲度香腮雪”；我们能看到“执手相看泪眼，竟无语凝噎”；我们能看到“泪眼问花花不语，乱红飞过秋千去”。

可是这种盛世太平，莺歌燕语的柔软和美好，在12世纪初叶被无情地撕碎了。1127年徽、钦二帝被擒，北宋亡国。曾经一度富庶繁华的大宋江山，顿时一片烽火狼烟，家国破碎、山河飘零。绅士名媛的儒雅和温婉，被野蛮民族的铁骑踏破惊梦。女儿情、女儿语、女儿泪，霎时间显得如此单薄和脆弱，如此不堪一击。这时的世界和词坛都需要金戈铁马、气吞万里、铁骨铮铮、阳刚英勇的英雄来拯救。这个独一无二的英雄，这首独一无二的气壮山河、激荡人心的词就是岳飞的《满江红》。

怒发冲冠，凭栏处、潇潇雨歇。抬望眼，仰天长啸，壮怀激烈。三十功名尘与土，八千里路云和月。莫等闲、白了少年头，空悲切！

靖康耻，犹未雪。臣子恨，何时灭！驾长车，踏破贺兰山缺。壮志饥餐胡虏肉，笑谈渴饮匈奴血。待从头、收拾旧山河，朝天阙。

对我们来说，岳飞的美名千古传颂，岳飞的故事耳熟能详，岳飞这首词更是朗朗上口，它的意义早已超出文学史和词作本身，仅仅想起这个英雄、想起这首词作，就足以让人热血澎湃，心潮难平。下面我们一起来欣赏一下这首词。

“怒发冲冠，凭栏处、潇潇雨歇。抬望眼，仰天长啸，壮怀激烈。”如此硬朗刚强的线条，活脱脱地刻画出了一位男子汉、大丈夫，一个盖世英雄的雄姿伟态。为何要怒发冲冠，为何要仰天长啸，为何要壮怀激烈？当代著名诗人艾青有一句诗：“为什么我的眼里常含泪水？因为我对这土地爱得深沉。”正是对比极佳的注解。当年岳飞拜别年迈的母亲、柔弱的妻儿，背后刺上了“精忠报国”，毅然地踏上疆场，就是为了驱除外敌、光复河山。可是英雄不被重用，眼前山河沦陷，那种心痛有谁能知？

在宋词里出现过很多“凭栏”。李后主也曾经无限感慨“独自莫凭栏，无限江山，别时容易见时难。流水落花春去也，天上人间”。他也在心疼江山，可是他从来风吹不着、雨淋不着，以为不费吹灰之力，就可以永远享受他的江山。突然从软香温玉里掉进冰窟，成为阶下囚，所以他伤感。

欧阳修也写过凭栏，“寸寸柔肠，盈盈粉泪，楼高莫近危阑倚。

平芜尽处是春山，行人更在春山外”（《踏莎行》）。这是假想一位相思女子，不敢登上高楼，倚靠栏杆远眺，怕再也望不到自己的情郎。

可是岳飞这位英雄的凭栏，不为风景、不为佳人，他的情怀里藏着多少消散不去、壮志未酬的抑郁不平之气；这种情感正像辛弃疾的那句“把吴钩看了，栏杆拍遍，无人会、登临意”（《水龙吟·登建康赏心亭》）。

宋词也多次出现过“雨”。晏几道的“落花人独立，微雨燕双飞”，在雨中感慨自己形影相吊、孑孓独行；贺铸的“试问闲情都几许？一川烟草，满城风絮。梅子黄时雨”，说自己的相思如雨丝般绵绵不绝；秦观的“自在飞花轻似梦，无边丝雨细如愁”，又朦胧、又伤感，缠绵凄婉；李清照的“梧桐更兼细雨，到黄昏、点点滴滴”，写透了一个人的孤苦伶仃、无依无靠。可是岳飞这位大英雄，不是没有情感、没有温柔；国难当头之际，国家兴亡，匹夫有责，这个时候英雄气只能代替儿女情。

在漫天雨丝中，他忧心如焚。“抬望眼，仰天长啸，壮怀激烈。”他不禁抬头问天，苍天啊，你为何让我社稷遭难，生灵涂炭？一声苍劲雄浑又压抑难平的长啸响彻云端，振聋发聩。

什么人才能拥有这种长啸呢？没有龙虎之气的人是没有长啸的。魏晋时候的谢安，出海的时候遇到了滔天波浪，满船的人惊恐万分，大惊失色。只有谢安怡然不动，站在船头独自长啸，大家都说谢安有镇抚庙堂之量。苏东坡也写过长啸：“何妨吟啸且徐行”，是一种直视生死、笑傲江湖的大丈夫情怀。而岳飞的这一啸，如龙吟虎啸，激荡山河、回声万里，激起了多少爱国人士的共鸣。这一啸，才见出胸怀有多宽广、志向有多高远、格局有多阔大！

“三十功名尘与土，八千里路云和月。”岳飞在靖康之难后，转战南北、披星戴月、挥师百万、指挥若定、勇猛无敌。年方而立，已由一个小小的军校凭借军功而爵至王侯，名扬天下，何其荣耀。可是每个人对待功名也是不同的，我们大家可能听过锥刺股的苏秦，当年他为说服秦王十次上书都被退回，面容憔悴、形容枯槁、皮衣破敝；回到家中，妻不下纴、嫂不为炊、父母不与言。苏秦发奋苦读，终于佩六国相印，衣锦还乡。回来的时候发现，妻子小心翼翼不敢正眼看他，父母到郊外百里相迎，嫂子竟卑躬屈膝、匍匐蛇行。所以他感慨，人生何能没有功名富贵？苏秦为的是一己富贵、一己功名，为的是自己的前呼后拥，而这种功名利禄在岳飞的眼中却被视如粪土、一钱不值。

一万年太久，只争朝夕，他只担心“莫等闲、白了少年头，空悲切”。只有英雄，只有伟人，才会慨叹“对酒当歌，人生几何！譬如朝露，去日苦多”（曹操《短歌行》），才担心时不我待，来日无多。

苏轼也曾感慨“故国神游，多情应笑我，早生华发”（《念奴娇·赤壁怀古》）——发如雪，又有多少英雄泪？

“靖康耻，犹未雪。臣子恨，何时灭！”也许这样的表述出现在词这种文体中未免太过直白了，可是此时抑郁不平之气喷薄而出，不这样直白如何能消解心中的块垒？金庸小说《射雕英雄传》中，备受金军摧残的大宋百姓，甚至把自己儿子的名字都改为郭靖、杨康。可见靖康之耻，是多少人心中挥之不去的烙印，又是多少人的噩梦和惊魂？不雪此耻、不报此仇，何以为家，何以消恨呢？

关于“恨”，白居易也写过“天长地久有时尽，此恨绵绵无绝期”（《长恨歌》），这种恨是一代英明盛威的皇帝在感叹，与自己心爱的女人今生无缘，来生再续，也算是千古绝唱，但这又怎能和英雄心中的恨相比？有多少人的笔下至多写的是愁、写的是怨，只有英雄写的是惊天地泣鬼神的恨。

这种恨化为一身胆气，恨不得一时“驾长车，踏破贺兰山缺”。一句“踏破”，有多少金石掷地之声，有多少直捣黄龙的英武威猛。只这一句，仿佛立刻回到了盛世大唐，仿佛一首铮铮作响的边塞诗歌。“虏骑闻之应胆慑，料知短兵不敢接”（岑参《走马川行奉送封大夫出师西征》），我们的家园已经被太多游牧民族的铁骑踏破，现在我们豪气冲天的英雄要驾车出征，也一样要踏破敌人的山阙。

“壮志饥餐胡虏肉，笑谈渴饮匈奴血。”至此时，笔力已经抑制不住喷涌而出的激情。我们仿佛能透过薄薄的纸页，看到沧海横流、英雄本色；我们仿佛穿越回了喊杀声震、厮杀遍野、血流成河的战场。想当年声威远震、身为东亚盟主的大唐，想当年那一场场边战，在血与火的暴力美中，把胆敢侵犯我们的敌人撕碎、踩在脚下，让力量和血腥说话，谁才是真正的主人。

“待从头、收拾旧山河，朝天阙。”当号角声渐渐停息，当狼烟消退，血色黄昏，敌人终于偃旗息鼓的时候，我们的战士和英雄，终于可以在瑟瑟寒风中露出一丝微笑，终于可以气吞万里地告慰家乡和亲人，请你们等着我收拾旧山河！请不要再感叹“山河破碎风飘絮，身世浮沉雨打萍”，让我“了却君王天下事，赢得生前身后名”，还你们一个完整的家园！

第十七讲

爱到不能爱　聚到终须散

——陆游《钗头凤》

对陆游，其实我们并不陌生，他生逢北宋亡国的乱世，漂泊辗转，空有一腔爱国激情无处安放。他才华横溢，能力超群，空有一身报国之志，难得施展。他情深义重，怜香惜玉，却又空有一段爱恨悲歌，无处诉怀。

在南宋的大文人中，陆游可以说既有英雄气也有儿女情，他爱江山也爱美人。可是这世间就有一种爱，是爱而不能，是眼睁睁地看着自己的爱被他人掠走而又无能为力。有一种爱，注定要心痛一生，陆游的这两份爱都是如此。

陆游（1125—1210）字务观，号放翁，越州山阴（今浙江绍兴）人。他出身名门望族、江南的藏书世家。他的祖父陆佃师从王安石，精通经学。父亲陆宰精通诗文，非常有节操。母亲又是北宋的宰相唐介的孙女，家学渊源非常之好。

陆游出生在这样一个诗书世家，然而在他出生的第三年，发生了靖康之乱。徽、钦二帝被金人俘虏，北宋的君臣百姓一路向南逃

亡。在逃亡的大军中，陆游的父亲带着一家老小奔波辗转。年幼的陆游从小就目睹了家国罹难、山河破碎。

陆游也是一个自小聪明过人、超凡脱俗的人。他十二岁时就被称为“小李白”。二十九岁的时候到了临安参加进士考试。主考官把他的试卷评阅为第一，结果因为最后他的名字居于当时的大奸臣秦桧的孙子之前，触怒了秦桧，第二年秦桧就指示礼部不得录用陆游。

一直到1158年，陆游三十三岁，秦桧去世后，这位年轻的才子才刚刚步入仕途。陆游在任地方官期间勤政爱民，受到百姓的欢迎和爱戴。当时他支持张浚这位将领北伐，但是北伐失败后，主和派在宋孝宗面前大肆攻击张浚，将其排挤出朝廷，陆游也被牵连罢官。

此后不久，1164年，宋朝就被迫和金人签订了“隆兴和议”。陆游心中非常痛苦，我们可以从他这个时候写的诗中看出来：

秋夜将晓出篱门迎凉有感

三万里河东入海，五千仞岳上摩天。
遗民泪尽胡尘里，南望王师又一年。

可惜的是百姓移民的眼泪只能够被金人铁蹄卷起的烟尘所湮没，期盼着王师北定中原，可是一年又一年，不知何时才能够实现这种愿望?

陆游四十六岁的时候到蜀地为官，四十八岁时进入四川宣抚使王炎的幕府。王炎委托陆游草拟驱逐金人、收复中原的战略计划。

陆游特别兴奋，拟定了《平戎策》，觉得自己终于英雄有了用武之地，在这段时间里他经常巡视前方的军事要塞。但是《平戎策》最终却被朝廷否决，王炎也被调回京城，幕府解散，陆游的希望再次落空，无比哀伤。

就像他在《诉衷情》这首词当中所写的：

当年万里觅封侯，匹马戍梁州。关河梦断何处，尘暗旧貂裘。

胡未灭，鬓先秋，泪空流。此身谁料，心在天山，身老沧洲。

陆游这一次建功立业的希望破灭了，他有一段时间再一次归于平寂。这首词写道：回忆当年鹏程万里，想要出将入相，单枪匹马奔赴边疆，想要保卫梁州，如今防守边塞这种军旅生活只能够在梦中出现了。梦一醒来，不知身在何处。灰尘已经盖满了旧日出征的貂裘。胡人还没有消灭，鬓边却已经有了秋霜。感伤的眼泪，只是白白地流淌。这一生谁能预料？原想一心一意在天山抗敌，却一辈子老死于沧洲。

此后，陆游陆续担任了一些清闲的官职。但是他的心中，永远念念不忘北伐抗金、收复失地。后来有一位南宋的名臣，也是著名的文学家范成大统率四川蜀州，在此期间任命陆游做参议官，两个人成了莫逆之交。但是，正在陆游刚刚感觉又找到了一位知己，想要有所作为的时候，主和派再次诋毁他，说他不拘礼法，每天宴饮，过于颓放。

范成大迫于压力只能将陆游免职。这个时候陆游认为，既然有人说他颓放，索性号曰“放翁”，这一段时期最能表明他的心态的就是这首《卜算子·咏梅》：

驿外断桥边，寂寞开无主。已是黄昏独自愁，更著风和雨。

无意苦争春，一任群芳妒。零落成泥碾作尘，只有香如故。

驿站之外的断桥边，梅花孤单寂寞，绽开了花蕾，但无人过问。暮色降临，梅花无依无靠，已经够愁苦的，却又遭到了风雨的摧残。梅花并不想耗尽心思去争奇斗艳，对百花的嫉妒和排斥也毫不在乎，即使凋零了被碾作尘土，梅花依然和往常一样，散发着缕缕清香。

在这之后，陆游宦海沉浮，多次被主和派弹劾诽谤，不断地辞职任职，又被罢官。但是无论如何他都没有忘记那片热爱的疆土，那个热爱的家国。即便有的时候赋闲在家，他的诗作也足以表明陆游对于土地和人民的深厚感情，如《游山西村》：

莫笑农家腊酒浑，丰年留客足鸡豚。
山重水复疑无路，柳暗花明又一村。

虽然宁静的农村生活是美好的，但是陆游在年老的时候经常做梦，梦到自己再一次要奔赴边关为国效力。如《十一月四日风雨大作》：

僵卧孤村不自哀，尚思为国戍轮台。
夜阑卧听风吹雨，铁马冰河入梦来。

终于在陆游七十九岁的时候，他修撰完成国史，彻底退休回到了家乡山阴，八十五岁的时候与世长辞。在临别这个世界之前，陆游非常遗憾地写下了《示儿》：

死去元知万事空，但悲不见九州同。
王师北定中原日，家祭无忘告乃翁。

陆游的一生除了心系家国、眷恋山河，还有一份情感始终挥之不去，不能释怀。有一个人是他胸口永远的痛，这个人就是唐琬。

在陆游二十岁的时候他与舅父的女儿唐琬结婚。唐琬文静灵秀、才华横溢，两个人青梅竹马，情投意合，婚后琴瑟和谐，非常恩爱。可是没有想到，陆游的母亲恐怕两个人过于儿女情长影响追求功名，竟然迁怒于唐琬，经常对她又打又骂。在三年之后，这位母亲竟然棒打鸳鸯，让陆游休了唐琬。陆游最初想要在外面把唐琬偷偷地藏起来，但又被母亲发现。她强硬地给陆游直接另娶了一位看似非常温厚的女子王氏。此时母命难违，两个人不得不分离。唐琬改嫁给了一位士子赵士程，此后音信皆无。

七年之后的一天，陆游回到老家，偶然到绍兴有名的沈园去游玩，却没想到在这里遇见了他日思夜想、魂牵梦萦，想见到又害怕见到的昔日恋人唐琬。当在沈园中唐琬走到陆游身边的一刹那，时光和目光仿佛都凝固了。两个人眼光交织在一起，迷茫恍惚，不知道是梦是真。眼中含着泪，不知是情、是思、是怨还是怜。

好一阵的凝神恍惚之后，已经是他人之妻的唐琬终于提起了沉重的脚步，慢慢地远去了，只剩下这位才子一个人在沈园之中怔怔发呆。此时，他来到了池塘边的柳树下，看到唐琬和她的后夫赵士程正在池塘中间的亭子里面饮酒对诗。陆游仿佛隐隐看到唐琬低首蹙眉，心如刀绞。

这种玉手红袖、浅酌慢饮，是何等似曾相识啊！如今就在眼前，却让他如万箭穿心。昨日旧梦，忽上心头，于是他提笔在沈园的墙壁上写下了千古绝唱《钗头凤》：

红酥手，黄縢酒，满城春色宫墙柳。东风恶，欢情薄。一怀愁绪，几年离索。错，错，错！

春如旧，人空瘦，泪痕红浥鲛绡透。桃花落，闲池阁。山盟虽在，锦书难托。莫，莫，莫！

回想当年可爱的唐琬红润酥腻的小手，捧着黄縢酒的杯子。那个时候满城都荡漾着春天的景色，可是如今你却像宫墙中的绿柳那样遥不可及。春风有养育万物之恩，可是春风又多么可恶，把欢情吹得如此稀薄。满怀愁绪，仿佛眼前的一杯烈酒。这一别数年以来，生活如此萧索，只感到错、错、错！

美丽的春景依然如故，只是人却白白地相思消瘦。“衣带渐宽终不悔，为伊消得人憔悴”，可是我这种思念、这种折磨，又有什么用？“使君自有妇，罗敷自有夫”，一个“空”字，把那种怜惜、那种痛苦，不知不觉当中都表露出来。泪水把美人脸上美丽的胭脂都已经洗净了，又把薄薄的丝绸手帕全都湿透了，满园的桃花凋落在寂静空旷的池塘楼阁上。当年永远相爱的誓言还在，可是园林冷落、物是人非。前人写过“去年今日此门中，人面桃花相映红。人面不知何处去，桃花依旧笑春风”，可如今，人面不知何处，桃花也片片凋零。

当年的山盟海誓言犹在耳，可是那一封锦书又能寄给谁呢？明明在爱却不能去爱，明明不能去爱，又斩不断理还乱。在一刹那间，又爱、又恨、又痛、又怨。有怜惜，有伤感，有痛苦，有抚慰，百感交集。此时一种难以名状的悲哀，再一次冲胸破喉而出，莫、莫、莫，事已至此再也无力回天！

这一首词留在了沈园的墙上。第二年的春天，唐琬带着莫名的惆怅和憧憬再一次来到了沈园。她徘徊在一年前和陆游偶遇的回廊之间，忽然看到了他的题词，联想起往日两人诗词唱和、恩恩爱爱的情景，不由得再次泪流满面、心潮起伏，不知不觉中也和了一首词题在陆游的词后面：

世情薄，人情恶，雨送黄昏花易落。晓风干，泪痕残。欲笺心事，独语斜阑。难，难，难！

人成各，今非昨，病魂常似秋千索。角声寒，夜阑珊。怕人寻问，咽泪装欢。瞒，瞒，瞒！

旧情如此难忘，烧灼心怀，难以抛掷又难以言说，这种忧伤在唐琬心中拂之不去。

不久唐琬就忧郁病死。而这一段沈园的惊鸿一瞥，这两首互相唱和的血泪之词，却留在了陆游的心中，永远也不能忘怀。甚至在经历了将近半个世纪的风风雨雨后，他还把四十多年前那种刻骨铭心的爱埋在心底。

在这期间陆游到各地为官，勤政爱民，参与国家的政事，又到前线巡查。他浪迹天涯，想要从此忘记他和唐琬的哀伤往事，但是走得越远，唐琬的影子就离他越近。到了陆游的暮年七十五岁的时候，当年心中的那位佳人早已香消玉殒，但是这位老人对旧事、对沈园依然怀着深切的眷恋。他再次来到沈园，在小径上踽踽独行，追忆着往日脑海中她的一颦一笑，这时候他又写下了《沈园二首》：

一

城上斜阳画角哀，沈园非复旧池台，
伤心桥下春波绿，曾是惊鸿照影来。

二

梦断香消四十年，沈园柳老不吹绵。
此身行作稽山土，犹吊遗踪一泫然。

沈园是陆游的伤心地。他想着沈园，又怕来到沈园。当春天再度来到的时候，风烛残年的陆游虽然没有亲自到沈园寻觅往日的踪迹，然而那一次与唐琬的相遇，那幽怨的眼神，羞怯的情态，无可奈何的步履，欲言又止的模样，是陆游永远不能忘记的。于是他在八十一岁的时候又写了一首《十二月二日夜梦游沈氏园亭》：

其 一

路近城南已怕行，沈家园里更伤情。
香穿客袖梅花在，绿蘸寺桥春水生。

其 二

城南小陌又逢春，只见梅花不见人。
玉骨久成泉下土，墨痕犹锁壁间尘。

一直到陆游八十五岁，这一年春天，他又来到了沈园，满怀深情地写下了最后一首沈园情诗：

沈家园里花如锦，半是当年识放翁。
也信美人终作土，不堪幽梦太匆匆。

陆游和唐琬两个人的爱情悲歌，曲折哀怨，让人为之心碎，为之心折。有一首歌叫作《问情》，仿佛是陆游和唐琬两个人情动生死的写照：“山川载不动太多悲哀，岁月经不起太长的等待。春花最爱向风中摇摆，黄沙偏要将痴和怨掩埋。一世的聪明情愿糊涂，一身的遭遇向谁诉。爱到不能爱，聚到终须散，繁华过后成一梦。海水永不干，天也望不穿，红尘一笑，和你共徘徊……”

第十八讲

百炼钢与绕指柔

——辛弃疾《破阵子》

古典诗词似乎总是给我们一种唯美飘逸、浪漫温柔的感觉，但是现实生活中却常常有残忍，有血腥，有刀光剑影，有喊杀声震。这一切也曾经入侵了诗词，唐代边塞诗中有诸多句子："忽如一夜春风来，千树万树梨花开""金山西见烟尘飞，汉家大将西出师""将军金甲夜不脱，半夜军行戈相拨""黄沙百战穿金甲，不破楼兰终不还"……

当讲到宋词的时候，我们看到了太多的柔情蜜语、细腻婉约，就算是苏轼豪情万丈地写下"大江东去"，那也毕竟是文人才子的洒脱，无关生死，无关硝烟。"靖康耻，犹未雪。臣子恨，何时灭"之后，再缠绵的情，再伤怀的泪，也抵不过现实中的"渔阳鼙鼓动地来，惊破霓裳羽衣曲"。现实生活中的软香温玉、悠然自得都被铁蹄踏破，都被硝烟撕裂；所以岳飞才有"驾长车，踏破贺兰山缺""壮志饥餐胡虏肉，笑谈渴饮匈奴血"，陆游才有"夜阑卧听风吹雨，铁马冰河入梦来"的词句。岳飞是一个大英雄，但还算不上大才子。他英勇善战，然而词作并不是很多。陆游是一个大才子，但还算不上大英雄，他梦笔生花，然而也只有几个月的军旅生涯。而今天我们要讲的辛弃疾却既是一个大英雄，又是一个大才子。

辛弃疾智勇双全，二十多岁就曾经拉起过一支队伍抗金，四十岁的时候组织过威震四方的飞虎军。他曾无数次亲临前线，血雨腥风、短兵相接、杀敌破阵。而在两宋词史上，辛弃疾又是作品数量最多、成就最高的词人，甚至在内容境界、艺术手法、语言功力方面，他的词都是空前绝后的。辛弃疾独创的稼轩体独成一派，用周济《宋四家词选》当中的话来说："稼轩则沉着痛快，有辙可循，南宋诸公，无不传其衣钵。"

辛弃疾（1140—1207）字幼安，号稼轩，山东历城（今山东济南）人。有人说相由心生，一生英雄侠义的辛弃疾生就一副英雄相貌，高大健硕、目光炯炯、声如洪钟。他出生的时候，山东已经沦为金人占领区。辛弃疾自幼就决心报仇雪耻，光复山河；二十二岁的青涩年纪，竟然拉起一支两千人的队伍投奔到当时在济南抗金的耿京部下，任掌书记一职。他劝耿京和南宋政府取得联系，并且在第二年接受耿京的委派，亲自赴建康（今江苏南京）面见宋高宗。在辛弃疾完成任务返回山东的途中，意外得知耿京被叛徒张安国杀害。他立刻率领五十名骑兵直奔冀州，生擒张安国并将其绑缚于马上疾驰送到建康处死。这个举动已经充分地表现出辛弃疾非凡的胆略和勇气。二十三岁的辛弃疾如此果敢坚毅、雷厉风行、疾恶如仇，然而绝不是跃马扬威逞匹夫之勇。他同时又深谋远虑，智略超群。二十六岁的时候，辛弃疾向孝宗上奏了《美芹十论》，三十一岁的时候又进献了《九议》，这些著名的政论性的文章审时度势，从自治、守淮、屯田、致勇、久任、详战等方面论述了任人和用兵之道，谋划富国中兴的大计。

辛弃疾平生以英雄自许，渴望成就英雄的功业，成为像曹操、刘备、孙权那样的英雄。他写道：“天下英雄谁敌手？曹刘。生子当如孙仲谋。”（《南乡子》）在唐宋的词史上没有谁像辛弃疾这样非常钟情和崇拜英雄，而他也用自己的生命实践书写出了英雄的个性。

我们常说英雄气短，儿女情长。要成为一个英雄，何其不易。英雄需要时势，如果没有天时地利人和，只有一身侠肝义胆，而无用武之地，空怀壮志，抱恨九泉；英雄如果没有机遇一展抱负，只能感叹人生苦短、壮志难酬，烈士暮年、功业未成。

平生以气节自负，以功业自许的辛弃疾南归后，本来希望尽展雄才将略，带兵挥戈杀敌，“了却君王天下事，赢得生前身后名”。然而，1163年发生了一次“符离之役”，在这场战争之后，南宋王朝一听到战争就闻风丧胆，甘心向金国俯首称臣、纳贡求和，使得英雄志士请缨无路，报国无门。而出生在已经属于沦陷地的辛弃疾，投归到南宋朝廷之后更是受到歧视，不被信任。他二十三岁南归之初，只被任命为小小的江阴佥判。六年后官职虽然逐步升迁，但都在地方任职，而且每任的时间都不长。从二十九岁到四十二岁，十三年间调换了十四任官职，使他无法在任何职位上有大的建树和作为。而且辛弃疾傲岸不屈、刚正独立的个性，还使得他常常遭人嫉恨、谗害和排挤。他的一生三仕三已，但是即便如此，只要每次一有机会被任用，一有机会为国家为百姓做事，他就立刻风驰电掣前往，建功立业。

上文提到，辛弃疾四十一岁的时候曾经在湖南创建了雄振一方的飞虎军。辛弃疾一生的志向就是收复失地，所以无论走到哪里想的都是备战反攻。他来到湖南组织飞虎军的时候，需要大量的营房和粮饷，花费很多钱财。因此又有人密告他用钱浪费，南宋的皇帝给他下了金牌，召令他停止训练。当年，岳飞马上就要直捣黄龙的时候，就是因为接到了皇帝的金牌，不得不撤兵，被秦桧杀害。而辛弃疾则特别擅长随机应变，他把皇帝的金牌藏起来，不发布，这个时候军营马上就要完工了，只是缺瓦。于是他就下了一个命令，要求辖区内所有的百姓从自己的家里揭下两片瓦交上来，瞬间飞虎营就大功告成。到此时他才向皇上汇报说金牌收到，飞虎营也同时建好。

这就是辛弃疾，有谋略，有胆识，敢作敢为。这真是一个英雄豪杰，当时的人把他比作隆中诸葛。他一生的理想是边关血战，立功异域，但是无奈的现实一次又一次地挫败他的理想。他并不想在笔砚之间消磨生命，但是又不能够在沙场中一展雄才。英雄无用武之地，所以辛弃疾只能够以笔为剑、化墨为血，在词当中开拓出一片虎啸生风、豪气纵横、旌旗飞动、刚劲强健的世界。

他的代表作是《破阵子》：

> 醉里挑灯看剑，梦回吹角连营。八百里分麾下炙，五十弦翻塞外声。沙场秋点兵。
>
> 马作的卢飞快，弓如霹雳弦惊。了却君王天下事，赢得生前身后名。可怜白发生！

这首词实际上是写在辛弃疾被免官，闲居信州的时候。他幽居在家，心情苦闷；夜深人静、万籁俱寂的时候思潮汹涌、无法入睡，只能够借酒浇愁。而就是在深夜酒醉之时，他拨亮了灯火，久久地端详、一遍一遍地抚摸曾经伴随自己征战杀敌的宝剑，回想当年沙场点兵、气势豪迈的战场经历。

他曾经写过“少年横槊，气凭陵，酒圣诗豪馀事”（《念奴娇》），说自己曾经“壮岁旌旗拥万夫，锦襜突骑渡江初”（《鹧鸪天》），他多么渴望还能够像当年一样重上前线，挥师北伐。带着这样的思念和渴望翻来覆去，好不容易睡着了。而刚一入睡，刚才激荡在胸中和脑海的一切又幻化为梦境。恍惚当中，他觉得天已破晓，连绵不断的军营里吹起了一片嘹亮雄壮的号角。这号角声有催人勇往直前的力量，仿佛在等着这位壮士统领军队，奔赴前线。

“八百里分麾下炙，五十弦翻塞外声。”《世说新语·汰侈》中记载“晋王恺有良牛，名‘八百里驳’”。后来的诗词中多以“八百里”指牛。“麾”是军旗，麾下也就代指部下。而“炙”是烤肉的意思。“五十弦”是指一种乐器——瑟。这两个对仗工整而又极其雄健的句子写他把大块的烤牛肉犒劳给将士们，士兵们欢欣鼓舞，饱餐一顿。军乐队演奏着高亢激越、振奋人心的边塞战歌，以助兴壮威。战士们士气高昂，排兵布阵，军容整齐。将军神采奕奕，意气风发。“沙场秋点兵”这个“秋”字，指的是正当秋高气爽、马壮草肥时，在秋风猎猎的战场上，将军检阅着各路兵马，随时准备出征。

我们接着再来看下阕。如果按照严格的词谱来说，《破阵子》这样的词谱，它的上下两阕应该是句法、平仄、韵脚完全相同的。下阕的写法既要和上阕有联系，又要换一种意思，显示出是另外的段落，但是辛弃疾在这里却突破了这种限制。他大气磅礴，直接连到了词的下阕。

“的卢”指的是一种极其难得的名马，也是一种烈马。《相马经》中说：“马白额入口至齿者，名曰榆雁，一名的卢。”在《三国志》当中有这样的一个典故，说刘备驻扎在河北，返程的时候刘表不信任他，请他赴宴，想在宴会上抓住刘备，刘备知道这个阴谋后就从宴会上逃出来。蔡瑁去追赶他，当时刘备所乘的马就叫“的卢”。当刘备骑马在渡檀溪水的时候，的卢溺在水中走不出来。刘备当时非常着急地叫道：“的卢，今日有生命危险啊！你要努力！”于是的卢马一跃三丈，渡过溪水，转危为安。

《三国志·蜀志·先主传》注引《世语》：“刘备屯樊城，刘表礼焉，惮其为人，不甚信用。曾请备宴会，蒯越、蔡瑁欲因会取备，备觉之，伪如厕，潜遁出。所乘马名的卢，骑的卢走堕襄阳城西檀溪水中，溺不得出，备急曰：‘的卢，今日厄矣，可努力！’的卢乃一踊三丈，遂得过。”

“马作的卢飞快，弓如霹雳弦惊。”这句话写将军率领着铁骑，快如的卢；将士们骏马飞奔，万箭齐发，响如霹雳、惊心动魄。从的卢马的飞驰和霹雳弦的巨响当中，我们仿佛看到敌人纷纷落马，残兵败将狼狈溃逃。将士们乘胜追杀，转眼间结束了战斗，凯歌交奏，欢天喜地，旌旗招展。

如此的酣畅恣肆、挥洒激荡、造句雄奇，这就是辛弃疾对早年抗金部队豪壮的阵容和气概，以及自己沙场生涯的追忆。在这一场反击战当中，他活脱脱地描绘出来一位披肝沥胆、忠贞不贰、勇往直前的将军形象。这位将军是爱这个国家的，但是将军也追求功名。一战获胜，功成名就，“了却君王天下事，赢得生前身后名”。一个意气风发、抱负宏大的忠勇大将，他率领士兵们终于完成了收复中原、光复山河的伟业，赢得了生前死后都不朽的英名。写到这里，豪气贯穿，飞流直下，壮怀激烈，如果到此为止，那真可以称得上是一首壮词。可是在此处，勇猛无比的沙场将军刚刚攀上了理想和人生的顶峰，却忽然一落千丈，跌回到冷酷的现实，一声长叹：“可怜白发生！”原来那壮阔盛大的军容、横戈跃马的战斗，以及辉煌胜利、千秋功名，不过全是梦境；收复失地的理想成为泡影，此时白发已生。

苏轼写过“多情应笑我，早生华发”“人生如梦，一樽还酹江月”（《念奴娇·赤壁怀古》）；而陆游则感叹“胡未灭，鬓先秋。泪空流。此生谁料，心在天山，身老沧洲”（《诉衷情》）；岳飞也说“莫等闲、白了少年头，空悲切！”（《满江红》）多少英雄本想杀敌报国，收复失地，可是在苟安卖国的朝廷压制之下，徒有凌云壮志。英雄迟暮、壮志难酬、报国无门、岁月虚度，包含着多少难以言说的郁闷和痛苦！

辛弃疾的这首词，从“醉里挑灯看剑”一句突然发端，接踵而来的是闻角梦回、连营分炙、沙场点兵、克敌制胜，有如雄鹰突起，凌空直上。而正在雄鹰翱翔天际、振翅长空之时，却陡然下落、戛然而止，出人意料，扣人心弦，动人心魄。千古之下，也让我们为这位英雄扼腕长叹！

第十九讲

英雄气短　儿女情长

——辛弃疾《水龙吟》

辛弃疾是一个英雄，但是常常英雄气短，儿女情长，因为儿女情不关山河只关风月；而英雄气想要气冲云霄，却并非易事。

辛弃疾那种激昂进取、非常血性地想要收复失地的主张，本来就和当时只求苟安的南宋朝廷不一致；而他自己傲岸不屈、刚正不阿的个性又使他常常遭到嫉恨、谗害和排挤。辛弃疾一生三仕三已，四十二岁正当壮年就被弹劾罢职，闲居江西上饶带湖十年；五十二岁的时候起用为福建提刑，三年后又被人诬陷落职再度赋闲八年；八年之后，朝廷准备北伐，辛弃疾怀着建功立业的希望再度出山，可是并没有得到重用。两年后，带着“谁念英雄老矣”“决策尚悠悠”的绝望心情，六十六岁的老英雄回到了铅山古居，六十八岁时含恨而逝。

《水龙吟·登建康赏心亭》就写在他三十五岁的时候。

辛弃疾二十三岁从北方金人占领的土地投奔到南宋，一直不受重视。二十六岁的时候他上了《美芹十论》这个著名的政论文章，提出抗金对策，不被采纳。而到宋孝宗年间，辛弃疾只是做了一个小小的江东安抚司参议官。这个时候他已经回到南宋八九年了，却一直投闲置散，做非常低的官职。就在这一天他登上了建康的赏心亭极目远眺，百感交集。

楚天千里清秋，水随天去秋无际。遥岑远目，献愁供恨，玉簪螺髻。落日楼头，断鸿声里，江南游子。把吴钩看了，栏杆拍遍，无人会、登临意。

休说鲈鱼堪脍，尽西风，季鹰归未？求田问舍，怕应羞见，刘郎才气。可惜流年，忧愁风雨，树犹如此！倩何人唤取，红巾翠袖，揾英雄泪！

纵览全词，既有英雄气、才子风，又有儿女情，真是让人为之心折！

“楚天千里清秋，水随天去秋无际。”楚地天空总是如此空阔寂寥，江水总是浩浩汤汤，让人豪气顿生也让人无限感慨，而不同的人笔下，楚天和江水又何其不同！

柳永笔下的“念去去，千里烟波，暮霭沉沉楚天阔”，是一片愁绪缭绕，无法释怀；孟浩然也曾在楚地的天空下写出“气蒸云梦泽，波撼岳阳城”；杜甫挥毫写下“吴楚东南坼，乾坤日夜浮”；伟人毛泽东则大气挥洒“万里长江横渡，极目楚天舒”，又是另一派英武雄豪。

而在辛弃疾的笔下，秋高气爽、碧空如洗，一派雄浑苍劲、烟波浩渺。可是毕竟秋天了，人生能有几个春秋呢？秋天是收获的季节，此时我已人到中年，我又收获几何？秋天的沉重心事，就是一个“愁”字，这就像辛弃疾自己曾经写过的那样：

丑奴儿·书博山道中壁

少年不识愁滋味，爱上层楼。爱上层楼。为赋新词强说愁。

而今识尽愁滋味，欲说还休。欲说还休。却道天凉好个秋。

所以此时，他并不能做到像刘禹锡那样自我解嘲、轻松地调侃：“自古逢秋悲寂寥，我言秋日胜春朝，晴空一鹤排云上，便引诗情到碧霄。”作为一个有持守、有追求、有想法、有作为的英雄，辛弃疾无法一下就卸掉身上的责任和使命，就此相忘于江湖。

因此在他的眼里，“遥岑远目，献愁供恨，玉簪螺髻”——极目远眺，青山连绵、重峦叠嶂，像清纯玉女的玉簪和发髻。本来这一片大好的山河，足可以尽情地消遣心怀，可是此时南宋已剩半壁江山，仿佛眼前的一切都是青山凝愁、绿水含恨。

壮年时代的辛弃疾是“金戈铁马，气吞万里如虎”“沙场秋点兵”的雄姿英发的少帅。可是人到中年，历经人世坎坷、宦海沉浮，只能在“落日楼头，断鸿声里，江南游子。把吴钩看了，栏杆拍遍，无人会、登临意”。

夕阳无限好，只是近黄昏。一天中最美好的时光已经过去了，一生中最灿烂的季节已经过去了。断鸿声声，归雁阵阵，动人心魄，让人更加思念自己的北国家园。辛弃疾自从回到南宋后，本来想为国家效力，但是却不断地受到排挤、受到谗害，所以他反而觉得自己在这里像一个游子。这个被压抑的英雄，一遍遍地抚摸着自己的宝刀，一遍遍地拍打着栏杆。

晚唐诗人李贺是一个瘦小干枯的男子，却气势雄豪地写道：

男儿何不带吴钩，收取关山五十州。
请君暂上凌烟阁，若个书生万户侯。

连花木兰都要女扮男装，“万里赴戎机，关山度若飞”。古往今来，是个男儿就要边疆血战、立功异域、拜将封侯。

《后汉书·班超传》中有一个典故：班超年轻的时候曾经做过给政府抄写文书的官员，这份工作很稳定，赚的钱也不少。但是有一天，班超在一起抄抄写写的同事当中忽然立起身来，掷笔于地，说道：“大丈夫无他志略，犹当效傅介子、张骞立功异域，以取封侯，安能久事笔砚间乎？”

一个大丈夫就算是没有其他的理想，也应该学习傅介子和张骞那样在异域立功，怎么能长时间在这笔墨纸砚间抄抄写写呢？他的同事们都一愣，然后嘲笑他。班超就说：“小子安知壮士志哉！”这就是著名的“投笔从戎”。

你们怎么能知道我的志向呢——辛弃疾此刻又何尝不是这种心情？英雄的抱负无法施展，所以他只能把一腔心事托付宝刀。

“休说鲈鱼堪脍，尽西风，季鹰归未？”越是读到这首词的后几句，就会越感觉到辛弃疾真是一个千古绝伦的大才子。他不只在战场上虎啸生风指挥千军万马，就是在笔墨之间，也能够将胸中的经史子集任由腕下驱使，名言典故信手拈来，如入无人之境。在这里，用的就是西晋张季鹰的一个典故。

《晋书》和《世说新语》当中记载，张季鹰曾经应召到齐王手下做了一个官职。当他在外地就任时，忽然看到秋风吹起，一下想起家乡的莼菜羹和鲈鱼脍，想到人生难得随心所欲：我怎么能够羁绊千里，为了这一官半职去沽名钓誉呢？于是立刻驾车而回。

此刻的辛弃疾见到秋风吹起、归雁阵阵，何尝不想像张季鹰那样，任性地说辞官就辞官，说回家乡就回家乡。可是他问自己，我能做到吗？

别说是家乡的鲈鱼鲜嫩味美，就算是秋风再吹，我难道能像张季鹰那样撒手放下眼前的这一切负担和责任，就此回去吗？

“求田问舍，怕应休见，刘郎才气”，这又是一个典故。

《三国志·魏书·陈登传》记载：

> 后许汜与刘备并在荆州牧刘表坐，表与备共论天下人，汜曰：“陈元龙湖海之士，豪气不除。”备谓表曰：“许君论是非？”表曰：“欲言非，此君为善士，不宜虚言；欲言是，元龙名重天下。”备问汜：“君言豪，宁有事邪？”汜曰：“昔遭乱过下邳，见元龙。元龙无客主之意，久不相与语，自上大床卧，使客卧下床。”备曰：“君有国士之名，今天下大乱，帝主失所，望君忧国忘家，有救世之意，而君求田问舍，言无可采，是元龙所讳也，何缘当与君语？如小人，欲卧百尺楼上，卧君于地，何但上下床之间邪？”

许汜曾经有一次跟刘备谈起陈登的为人，他说陈登还是江湖上的人，豪气还没去掉。刘备就问他什么原因。许汜说他有一次经过陈元龙——陈登家的时候，他一点儿也没有接待客人的礼仪。很久都不跟我说话，而且自己上到大床休息，竟然让我这个客人睡在居下位的床上。

刘备听后说了一句："您是空有国士之名啊！现在天下大乱，君主都已经流离失所。本来指望着您忧国忧民，有救世救国之义；可是您呢？只想着买田置地。你的话也没有一句是能够派上用场的，这是陈登最不喜欢的。他为什么要跟你说话呀？要是我，我就宁可到百尺高的楼上去住，让你在地下躺着，哪还能说是我睡上位床，你睡下位床的区别呢？"

辛弃疾在这里用了这个典故。他说如果他也像许汜那样买房置地、回归田园，他真怕像刘备这样的英雄，像这样的雄才大略之人耻笑他，他没脸见这样的人啊！其实在辛弃疾这个英雄的心里，又何尝不想回到家乡、回归田园，他又何尝不想回归到平静而又恬淡的生活当中呢？

我们都知道辛弃疾的号是"稼轩"。这个"稼"就是庄稼，"轩"就是窗子。他希望自己不论何时打开窗子，就能够看到长得非常茂密的庄稼，就知道百姓们过得好不好。那是怎样的一种忧国忧民的情怀！

辛弃疾有两首非常典型的写到田园生活的诗词：

西江月·夜行黄沙道中

明月别枝惊鹊，清风半夜鸣蝉。稻花香里说丰年，听取蛙声一片。

七八个星天外，两三点雨山前。旧时茅店社林边，路转溪头忽见。

清平乐·村居

茅檐低小，溪上青青草。醉里蛮音相媚好。白发谁家翁媪?

大儿锄豆溪东，中儿正织鸡笼。最喜小儿无赖，溪头卧剥莲蓬。

词人说：我也想过这样的田园生活，我也想这样平静淡然、无欲无求，可是我又怎能够面对千古英雄，面对那种雄豪的胸襟和气度？

下一句“可惜流年，忧愁风雨，树犹如此”，《庄子·外篇·知北游》当中有这样的话：“人生天地之间，若白驹之过隙，忽然而已。”可惜年华似水，又如指间流沙，越攥越紧，越留不住。

“忧愁风雨”化用了苏轼《满庭芳》当中的一句词：

百年里，浑教是醉，三万六千场。思量、能几许？忧愁风雨，一半相妨。

南宋的国事就是这样，山雨欲来风满楼，山河破碎风飘絮，让人为之愁肠百结。

“树犹如此”又是一个典故，出自北周诗人庾信《枯树赋》：“树犹如此，人何以堪！”在《世说新语》当中记载：桓公北征的时候经过金城，见到此前种的一棵柳树已经十围粗壮。他非常慨然地叹道：“木犹如此，人何以堪！”辛弃疾此时想，我被搁置了一个十年又一个十年，人生能有几个十年呢？这样时光蹉跎，树木都已经长成十围，而我却虚长年岁、虚度光阴。这种虐心的感觉如何承受？！

“倩何人唤取，红巾翠袖，揾英雄泪！”在这样万般无奈、万般煎熬的时刻，还有谁能够知我胸怀呢？

辛弃疾在晚年的时候写过非常好的一首词《贺新郎》，就在感慨这一生究竟知己几何：

> 甚矣吾衰矣。怅平生交游零落，只今余几！白发空垂三千丈，一笑人间万事。问何物、能令公喜？我见青山多妩媚，料青山见我应如是。情与貌，略相似。
>
> 一尊搔首东窗里。想渊明《停云》诗就，此时风味。江左沉酣求名者，岂识浊醪妙理。回首叫云飞风起。不恨古人吾不见，恨古人不见吾狂耳。知我者，二三子。

这又是一首出入经史、引经据典，但是又非常流畅俊爽、豪气冲天的词。“甚矣吾衰矣”源出《论语》，孔子说：“甚矣吾衰也，久矣吾不复梦见周公。”他说，我是老了吗？我已经很久都没有梦见周公了。辛弃疾也在词里感慨地说，我现在也是老了吗？我平生一同出游的朋友现在零落四方，如今还剩几人？这真令人惆怅。

李白的《秋浦歌》写道："白发三千丈，缘愁似个长。"辛弃疾这里的"白发空垂三千丈"，说如今这么多年过去，我也许是白白老去、功名未就，世间万事也许就慢慢地淡漠了。还有什么事能让我感到真正快乐呢？我看那青山妩媚多姿，想必青山看我也是一样；无论是神采还是外貌，都是这样相像。

把酒一樽，窗前吟诗，怡然自得。想当年陶渊明的《停云》诗成之时，就是这样的感觉吧？江南那些渴望求功名的人又怎能体会到饮酒的真谛呢？

在酒酣耳热之时，回头朗声长啸，云气翻飞，狂风骤起。这句"云飞风起"就化用了刘邦《大风歌》当中的"大风起兮云飞扬"，而"不恨古人吾不见，恨古人不见吾狂耳"引用的是《南史·张融传》当中的典故。

辛弃疾说，我不遗憾我不能见到疏狂的古人，我只恨古人见不到我的这种才志和放旷。"知我者，二三子"又是一个典故，出自《论语》中"二三子以我为隐乎"——谁能知我，谁能了解我呢？也许很少人吧！

所以在《水龙吟》这首词的结尾，辛弃疾就再次感慨，"倩何人"呢？谁能够知道我的胸怀呢？也许就只能是那个红巾翠袖、善解人意的人儿吧。这里"红巾翠袖"指的是温柔而又秀美的女子。有一句对联叫作："对月把酒时看剑，红袖添香夜读书。"虽然男儿有泪不轻弹，只是未到伤心处，这一生的壮志、一腔热血，反而报国无门、抑郁难平。所以茫茫人海，谁是知己、谁知我心？谁又能给我慰藉呢？知我者，谓我心忧；不知我者，谓我何求。就让这红巾翠袖的温暖女子，替我轻轻地擦拭掉英雄的热泪吧！

第二十讲

依然旧时明月

——姜夔《扬州慢》

也许很多人并不是很熟悉姜夔这个名字，但他却是继苏轼之后一位难得的艺术全才，而且他是与辛弃疾双峰并峙的词坛领袖。姜夔对于诗、词、散文、书法、音乐无不精通。当世的一些名流比如杨万里、范成大、萧德藻等等对他都极为推重，连大学者朱熹也对他别有青睐，不但喜欢他的诗文，而且佩服他精通礼乐的才华。著名词人辛弃疾对他也是深为叹服，曾经和他填词互相唱和。那么姜夔究竟是怎样的一个人呢？

姜夔（约1155—1209），字尧章，号白石道人，饶州鄱阳人（今江西鄱阳）。他少年孤贫、屡试不第，终生没有做官，一生辗转在江湖。曾经北游淮楚、南历潇湘，后来客居在合肥、湖州和杭州。虽然姜夔一直生活贫寒，但是他非常清高、耿直而有气节，曾经辞谢了贵族张鉴要帮他买个官爵的好意，一生清贫自守，以卖字和朋友的接济为生。

有的文字形容姜夔“人品秀拔，体态轻盈，气貌弱不胜衣，望之若神仙中人”。姜夔是具有这样的一种非常清虚空灵的气质的，他的词也有一种优雅、虚空、曼妙的特点。来看一下他的这首代表作《扬州慢》：

淮左名都，竹西佳处，解鞍少驻初程。过春风十里，尽荠麦青青。自胡马窥江去后，废池乔木，犹厌言兵。渐黄昏，清角吹寒。都在空城。

杜郎俊赏，算而今、重到须惊。纵豆蔻词工，青楼梦好，难赋深情。二十四桥仍在，波心荡、冷月无声。念桥边红药，年年知为谁生？

“扬州慢”是词牌名，也是姜夔的自度曲，也就是自己创作的曲子。姜夔和此前我们讲过的周邦彦一样，都是极为精通音律的。在这首词前面还有一个小序，交代了写作的背景和缘由，让人们能更好地了解词人的心理和情怀：

淳熙丙申至日，予过维扬。夜雪初霁，荠麦弥望。入其城，则四顾萧条，寒水自碧，暮色渐起，戍角悲吟。予怀怆然，感慨今昔，因自度此曲。千岩老人以为有“黍离”之悲也。

扬州自隋唐以来就处于大运河和长江航运的枢纽位置，也是著名的对外港口，商业发达、市贸繁华。唐末著名诗人杜牧曾经做过淮南节度使幕，他在这里写下了很多关于扬州的著名诗篇。宋朝在这一带设了淮南东路和淮南西路，扬州是淮南东路的治所。南宋建炎三年（1129年），金兵大举南侵，攻破了扬州、建康、临安，烧杀抢掠。在此之后，金兵仍然不断发动对南宋的进攻，在绍兴三十一年（1161年）和隆兴二年（1164年）又大举进犯淮南地区，这场战争的灾难也波及扬州。这首词的小序里说，宋孝宗淳熙三年（1176年）的丙申月冬至日这一天，在一场大雪过后，词人经过了扬州。夜雪初晴，满眼都是青青的荠草和麦子。进入扬州城，放眼望去一片萧条，河水碧绿而清冷，夜幕渐渐低垂，戍边的号角呜咽悲鸣。词人内心凄凉，感慨这座城市今昔的变化，于是自创了此曲，千岩老人说这首词有“黍离”的悲伤。

千岩老人指的就是南宋诗人萧德藻，他和姜夔是忘年之交，曾经因为欣赏姜夔的才华，而把侄女许配给了姜夔。而“黍离之悲”是一个典故，出自《诗经·王风》：

彼黍离离，彼稷之苗。
行迈靡靡，中心摇摇。
知我者，谓我心忧；
不知我者，谓我何求。
悠悠苍天，此何人哉？

看着那黍子一行行，高粱苗也在长，走上故国脚步缓，心里只有忧和伤。能够理解我的人说我是心中忧愁，不能理解我的人问我把什么寻求？高高在上的苍天啊！何人害我离家出走？

这首诗写的是两千年前的一个夏天，有一位周朝的大夫路过镐京，看到埋没在荒草中旧时宗庙的残垣断壁，看到自己心中理想大厦的坍塌，悲戚周王室的颠覆。在诗中空灵抽象的情境里，蕴含着主人公绵绵不尽的故国之思和凄怆不断的情怀。“黍离之悲”指的就是对家国残破、今不如昔的哀叹和伤痛。姜夔来到扬州，目睹了战争洗劫的萧条和破败，心中感慨万千，所以千岩老人萧德藻说他写下的这首词有“黍离之悲”。

“淮左名都，竹西佳处，解鞍少驻初程。”词人解下马鞍，在扬州稍做停留，扬州有著名的游览胜地竹溪亭，自古以来就是淮南东路的历史文化名城。“过春风十里。尽荠麦青青。”这个“春风十里”用的就是扬州才子杜牧诗中的典故：“春风十里扬州路，卷上珠帘总不如。”走在漫长的扬州路上，当年那个春风十里的繁华街道如今却只有长得茂盛而整齐的荠麦，愈发显得孤单可怜。就像刘禹锡曾经写过“朱雀桥边野草花”那样，野草越是碧绿，越是生机勃勃，越是反衬出昔日盛世繁华的一去不返。

“自胡马窥江去后，废池乔木，犹厌言兵。”“胡马窥江”指的是金兵大举南侵，一直打到了长江流域，这个时候已经是第二次洗劫扬州了。金人烧杀抢掠，扬州城里只剩下荒废的池苑和残存的古树，一片荒芜，人烟稀少。而这恰恰又和之前的荠麦青青形成了强烈的反差，形成了一种凄艳的美。睹物伤怀，心念故国。“犹厌言兵”四个字千锤百炼，而又仿佛随口而出。清人陈廷焯特别欣赏这段描写，他说：

> “犹厌言兵”四字，包括无限伤乱语，他人累千百言，亦无此韵味。
>
> ——《白雨斋词话》卷二

连废池乔木都如此痛恨这场战争，树犹如此，人何以堪？想起这场战争，至今人们还觉得心有余悸，刻骨伤怀。

我们再来看看上阕的结尾三句："渐黄昏，清角吹寒。都在空城。"读到此你会感觉姜夔驾驭笔力的能力，会感觉自己仿佛沉浸在一个极具美学维度而又有着悲怆情怀的大片里。此时画面转换，日落黄昏，色彩渐暗，画外音中传来凄清的号角之声打破沉寂。这号角仿佛把寒冷吹散在无边落寞的空城，更让人觉得寒凉彻骨，冷透心扉。荠麦青青，废池乔木，清角吹寒，一切的一切都在这座空城之中。城并不空，可是百姓的心却空了。厌倦战争，驱除贼寇，恢复山河的愿望向谁诉说，又向何处寄托呢？

再看下阕。"杜郎俊赏，算而今、重到须惊。纵豆蔻词工，青楼梦好，难赋深情。""杜郎"就是杜牧。杜牧在扬州期间曾经写过一首诗《赠别》："娉娉袅袅十三余，豆蔻梢头二月初。"而"青楼"也出自于杜牧的另外一首诗："十年一觉扬州梦，赢得青楼薄幸名。"杜牧是个俊才情种，当年他在扬州时写下了那么多不朽的诗作，可是就算他有写豆蔻词的微妙精巧，有写青楼诗的神采飞扬，就算这位多情的才子重游故地，面对如此的凋残破败，也必定为之心惊，也必定难以书写此刻的悲怆深情。

"二十四桥仍在，波心荡、冷月无声。"这又是出自于杜牧的诗，我们来看一下：

寄扬州韩绰判官

青山隐隐水迢迢，秋尽江南草未凋。

二十四桥明月夜，玉人何处教吹箫。

这二十四桥的名胜，古迹还在，明月夜也在，可是玉人吹箫的风月繁华不在了。水波荡漾，冷月寂寞，万籁无声。流云散尽，何处月明？

“念桥边红药，年年知为谁生？”红芍药是扬州久负盛名的一种花，就算那桥边娇艳的红色芍药年年盛放，丰姿绰约，又被谁欣赏，为谁而生呢？

这首词愈工巧精致，愈凄清惨淡，愈让人黯然神伤、惊心动魄。吹寒、冷月、空城，都从虚处着笔而传达出了无尽的哀伤，笔致清虚而意境空灵。所以张炎曾经评价他“如野云孤飞，去留无迹”（《词源》卷下）。而清人刘熙载则概括姜夔的气质是“幽韵冷香，令人挹之无尽”，可以说是对姜词的一种恰切描述。

第二十一讲

而今识尽愁滋味

——蒋捷《虞美人》

南宋时期辛弃疾和姜夔两位词坛领袖各领风骚，各有千秋，与他们风格相近的词人被称为辛派或姜派词人。辛派词人中比如张孝祥，他的气质和苏轼很像，又兼容了李白的浪漫飘逸。他的名作《念奴娇·过洞庭》：

洞庭青草，近中秋、更无一点风色。玉鉴琼田三万顷，著我扁舟一叶。素月分辉，明河共影，表里俱澄澈。悠然心会，妙处难与君说。

应念岭表经年，孤光自照，肝胆皆冰雪。短发萧骚襟袖冷，稳泛沧浪空阔。尽吸西江，细斟北斗，万象为宾客。扣舷独笑，不知今夕何夕。

这首词把广阔澄明的湖光月色与冰清玉洁的人格境界水乳交融，用自在如神之笔表现出了超迈凌云之气和潇洒出尘之姿。

陆游也是辛派词人中的中坚力量，其他的词人还有陈亮、孙惟信、刘克庄、陈人杰、刘辰翁、文天祥等等。他们以稼轩词为宗，风格淋漓痛快。

而另一派词人如吴文英、陈允平、周密、王沂孙、张炎等则是姜夔的追随者。他们力求优雅，谨守音律。比如吴文英的这首《八声甘州》：

渺空烟、四远是何年，青天坠长星？幻、苍崖云树，名娃金屋，残霸宫城。箭径酸风射眼，腻水染花腥。时靸双鸳响，廊叶秋声。

宫里吴王沉醉，倩五湖倦客，独钓醒醒。问苍波无语，华发奈山青。水涵空、阑干高处，送乱鸦斜日落渔汀。连呼酒，上琴台去，秋与云平。

吴文英的词常常在艺术思维上彻底改变正常人的习惯，将常人眼中的实景化为虚幻，将常人心中的虚无化为实有，创造出了如梦如幻的艺术境界。像这首词出人意料地把灵岩山和馆娃宫等等虚幻化，比拟为青天陨落的星辰。而有关西施的遗迹基本是一片废墟，作者却用超常的联想，别致地表现出了当年采香径中残存的香脂遗味，还有走廊里面西施穿着木屐漫步的声音，化虚为实，亦幻亦真，境界空灵。

在宋末的诸多词人中，蒋捷是一个特别的存在，极富特色和个性。他和当时的周密、王沂孙、张炎等等词人，不见得有任何的交往。词风也是独辟蹊径，兼容了豪放派这种劲爽流畅和婉约派的含蓄隽永。

蒋捷（约1245—1305后），号竹山，宋末元初阳羡（今江苏宜兴）人，出身名门，是南宋末年的进士。他生逢南宋亡国之际，在南宋被蒙古所灭之后，深感亡国之痛，隐居不仕，世称竹山先生，气节为时人所器重。他和我们刚才提到的周密、王沂孙、张炎并称为“宋末四大家”。蒋捷有一首经典的词：

一剪梅·舟过吴江

一片春愁待酒浇。江上舟摇，楼上帘招。秋娘渡与泰娘桥，风又飘飘，雨又潇潇。

何日归家洗客袍？银字笙调，心字香烧。流光容易把人抛，红了樱桃，绿了芭蕉。

人在江湖，身不由己；流亡途中，颠沛流离。姑苏一带、太湖之滨，本来山柔水软，江河秀丽，可是此刻漂泊在吴江客船上的我却满怀一片春愁。小船摇摇晃晃，岸边酒楼上的旌旗仿佛在向我这个游子招手，不禁想要买醉浇愁。船儿经过令无数文人骚客遐想不尽的名胜——秋娘渡和泰娘桥。可是景色越美，我的思乡之情就越重，偏偏此时风又飘飘雨又潇潇，凄清寒冷，就像这一片春愁绵延不尽。什么时候才能回到家乡，洗去客袍上的征尘，洗去一身的疲惫，结束这种辗转奔波的生活呢？那一刻该多么美好，佳人相伴，素手调笙，点燃心香，一切都那么温暖、惬意。但是可能吗？国已破，家安在？日月如梭，日夜奔驰，把我们远远地甩在人生的旅途，把盛世繁华也无情地甩在永远的过去。我只看到春去夏来，盛衰流转，红了樱桃，绿了芭蕉。

蒋捷的这首词后三句极为精彩，千古传唱。他因此获得了“樱桃进士”的美名。我们接着再来看一下他的另外一首著名的《虞美人·听雨》：

少年听雨歌楼上。红烛昏罗帐。壮年听雨客舟中。江阔云低断雁叫西风。

而今听雨僧庐下。鬓已星星也。悲欢离合总无情。一任阶前点滴到天明。

这首词的主题就是听雨。历来文人墨客的笔下，绵绵细雨总是和无尽愁丝交织缠绕，秦观笔下的“自在飞花轻似梦，无边丝雨细如愁”，贺铸笔下的“试问闲情都几许？一川烟草，满城风絮。梅子黄时雨”，李清照笔下的“梧桐更兼细雨，到黄昏、点点滴滴。这次第，怎一个愁字了得”，李重元笔下的“杜宇声声不忍闻，欲黄昏。雨打梨花深闭门”。

而在蒋捷的词里，同样是雨，却在人生的不同阶段、不同境遇，有了不同的感慨和感受。“少年听雨歌楼上。红烛昏罗帐。”在这个时候，歌楼、红烛、罗帐，营造出了一片轻歌曼舞、一掷千金、灯红酒绿、醉意沉沉。这个时候还不懂得忧愁的滋味，还以为这种半梦半醒的快意人生，可以到永远。

“壮年听雨客舟中。江阔云低、断雁叫西风。”舟和船在古典诗词中常常出现，意味着摆渡、漂泊、停靠、寄托。人到中年，就不得不为生计奔走，不得不为责任守护，不得不向现实低头。“万里悲秋常作客”，漂泊四方，天涯羁旅。张若虚写过“谁家今夜扁舟子，何处相思明月楼”；张继写过“姑苏城外寒山寺，夜半钟声到客船”；孟浩然写过“欲济无舟楫，端居耻圣明”；李白写过“何年是归日，雨泪下孤舟”；韦应物写过“春潮带雨晚来急，野渡无人舟自横”；李清照写过“物是人非事事休”“只恐双溪舴艋舟，载不动许多愁”。

而蒋捷的人生之舟行至中途，前不见岸，后也远离了岸。江天辽阔，风急云低。失群孤飞的大雁，在瑟瑟秋风中声声哀鸣。一个“断”字，有多少意蕴：是断肠人在天涯，还是断绝了亲人的信息，还是自己的完整人生被这兵荒马乱、家国离难无情地中断？我们仿佛看到词人在茫茫人海中东奔西走，四处漂泊，满腔旅恨，万般离愁。

“而今听雨僧庐下。鬓已星星也。悲欢离合总无情。一任阶前、点滴到天明。”这几句大意是：而今，只有一个白发老人孤独地在僧庐下听雨，当年风流总被雨打风吹去。此刻江山易主，人事全非，少年的欢乐早已不再有，中年的漂泊都不算什么了。悲欢离合早已看透、看尽，而这又能怎么样呢？也只能这样了。如今的词人，寻寻觅觅冷冷清清，甚至连凄凄惨惨戚戚的感受都没有了，就这样任随风雨摧折，任随季候萧瑟，什么都不想感叹了，恰似“而今识尽愁滋味，欲说还休。欲说还休，却道天凉好个秋”。

《四库全书总目》评价蒋捷的词“炼字精深，调音谐畅”，而《宋四家词选》中周济评价蒋捷的词“思力沈透处，可以起懦”。

《虞美人·听雨》这首词一种听雨，三幅画面。我们仿佛在一场电影的蒙太奇中穿行，看到一个人从青丝到白头，少年风流，壮年飘零，晚年凄冷；又仿佛透过这画面的交叠，看到了光阴流转、盛衰轮替。我想这就是一首佳作的精彩之处，仿佛是在写一个人，却又写出了所有人，写出了众生相；仿佛在写一件事，却又写出了无数事、写出了人间事；仿佛在写一个王朝，却又写出了千年兴衰、万古更替。所以我们在其中不只能触碰古人的心灵和意境，甚至能听到自己的叹息和感慨。我想，这正是宋词的佳处。